漫娱图书
SINCE BOOKS

戏中人

扶他柠檬茶
•
著

长江出版社
CHANGJIANGPRESS
漫娱图书

序

与其说这章前言，是写在故事创作之前的心得，不如说，是故事创作中途的某种心得。

在创作《爱呀河》系列的途中，我的外祖母去世了。这是一场大家都有充分心理准备的送别，葬礼现场上，众人的情绪都很平静，听神父安排仪式上要念的祈祷。

我见到了许多常年未曾谋面的亲戚。这是种神奇的感觉，你知道你认识他们，他们的脸上或声带上残存着一些特征，你们或许在几年前的某次聚会上见过，在其他时候，这些人和你的生活毫无关系，像是小说里硬塞进去的角色，加入或者删除，不会对主线故事产生任何影响。

在亲缘关系以及官方数据中，竟有那么多人和你有关，但你几乎感受不到这些人的存在。他们也和我的外祖母有关，并且关系不错，才能受邀过来。

在他们年轻时的艰苦时期，人需要和人群抱团才能生存。越是抱得紧密，生存的环境就越好。每个人都被需要着，被强烈地需要着，像是水珠和水珠，在河水中紧密着。

我不能感受到这种“被需要”，我也无法想象他们在某天突然意识到，自己“不再被需要”。人们已经离开那条河流，从鱼人变成了人，摩天大楼拔地而起，那些曾经在水中湿润的皮肤在风沙里磨砺。

《爱呀河》像是被从这河流里打捞起的、一块又一块的溪流石。流淌过它亲吻过它的水珠已经化为尘埃般的人，他们的泪水再融合苦难汇流回这条起始的河流，石头的颜色是太阳和月亮的交错色，是不分昼夜的泪痕。

我啊，但是我啊。我已经听尽了这世上所有的河流。

我挚爱人类。我挚爱的人啊，人生啊，终究是孤独的。

扶他柠檬茶

2022.6.27

CHAPTER·01

大白的死而复生

大白的死而复生

CHAPTER · 01

爱呀河小区 706 室的房主楚先生被人告了。

楚先生是个作家。告了楚先生的原告是他同楼的住户——104 室的张家夫妇。前几天，104 室的孩子出了事，一转头，夫妇俩就把楚先生告了。

楚先生和老纪谈起这件事的时候，平均说两个字叹一口气，后来叹两口气说一个字。

楚先生年纪不算大，三十七八岁，写过两本热销书，加上其他的知识变现副业，七七八八算起来，收入还不错，反正他独居，养活自己是够了的。

老纪是他隔壁的邻居，是一位退休警察。他年轻的时候就住在这儿，一直住到现在，算是爱呀河小区的三朝元老。

老纪有个特点，他不喜欢关门。这个门不是指房间门，而是家里的大门。每次有人路过 705 室门口，都会看见房门大开，一个眉目凶悍的白毛老头正猫在茶几边上抽烟，烟灰缸里挤满了烟屁股。

老纪起初以为是楚先生写了什么不合适的东西，给别人家的孩子看魔怔了。孩子嘛，有时看书看入迷了容易犯傻。

楚先生递过去一本书，是一本童书。当了这么多年邻居，老纪才知道，楚先生写的是童书。

童书能有啥啊，就是讲一个小男孩带着只流浪狗翻山越岭找妈妈的故事。就算是老纪，用他那双解剖刀一般、多年以来审了无数穷凶极恶之人的眼睛，也愣是没法从这本书里审出一个不合适的字眼。

但 104 室的那家夫妇要告楚先生，说就是因为楚先生的这本书，自己的孩子才会做出那种反常的事。

关于那个孩子的伤，小区里有各种离奇的说法。他的母亲这样描述：凌晨三四点的时候，她和老公在卧室里被一声“梆”的巨响给惊醒，声音从院子那儿传来——一楼住户买房时房产商会附赠一个很小的院子，其实就比普通阳台稍微大一圈，可以放个自行车，养个花啥的，但房产商管它叫“院子”。

夫妇俩到院子里一看，院子里是电视机的残骸，还有受伤的孩子。

第二天，2003 室的男主人被警方带走了。

20 楼的住户作证，昨天深夜听见 2003 室传来激烈的争吵声，一家三口吵成一团，就在争吵中，家里新买的电视机被男人从阳台抛了出去。

照常理，2003 室才是全责，是他们家的电视机被丢下去砸伤了一个孩子。104 室告了 2003 室的男主人，接着就把楚先生——或者说楚先生的书也一起告了。

楚先生觉得，关他什么事。其他人也觉得，关楚先生什么事。就算是孩子的父亲，也就是 104 室的男主人，看着自己的妻子每天歇斯底里地在楚先生家门口咆哮尖叫，也抱着胳膊嘟囔：“关他什么事啊。”

他的嘟囔声被女人听见了。她骤然停止了针对楚先生的尖叫，沉默地转过头，用母狮子般的眼神，死死盯着自己的老公。

下一秒，在所有围观者的眼前，女人扑向丈夫，尖叫着和他扭打撕扯在一起。

爱呀河小区是个老小区。

小区前面本来真的有一条河，但很多年前被填平了。这条名字古怪的河消失了，留下了这个名字古怪的小区。

这不是爱呀河小区第一次发生怪事。在老纪的记忆中，怪事从来没彻底消失过。有时他大开屋门，听着外面来来往往的脚步声，偶尔有那么一两次，能听见脚步声是往自己的屋里来的。

每当这时候，老纪都会激动地看向门口。他以为是某个人回来了，可来的大多是找错了地址的快递员和外卖员，以及来诉苦的邻居。

在派出所民警来之前，老纪承担着街坊邻里给予他的维和任务，将厮打得鼻青脸肿的夫妇俩扭开。围观人群之中，就算是几天前还同情这对夫妇的人，此刻也低头嘀咕：“神经病。”

电视机砸伤人的 2003 室住户在找律师。其实 2003 室和 104 室纠结的点都是一样的，凌晨三四点，为何小孩会一个人跑去院子里躺着？

出事的区域按流程被彻底搜查了一遍，警方也排除了 104 室和 2003 室有交恶的可能性——不仅没有交恶，这栋楼里住户的关系普遍不错。作为老小区，爱呀河也有某种老小区的尊严，老住户们会默认，当年能住进这里的都是“体面人”。

104 室的住户是七年前搬进来的，是双职工家庭；2003 室是十二年前搬来的，是个教师家庭。

为了搬进爱呀河的 104 室，这家人掏空了上下两代的存款，目的是这里的学区学籍。

104 室的位置很糟糕：一楼，潮湿；朝北，冬冷夏闷，还没太阳；靠马路，吵……

但一切都是为了孩子读书。

在邻居看来，104 室的孩子很乖，读书也还行，就是那种没什么存在感的孩子，不闹，也没什么出挑的地方。

搜查员在孩子受伤的院子泥地下方挖出了一具尸骸——狗的尸体。104 室的夫妇说，那是家里从前养的狗，不过后来病死了。

104 室找楚先生麻烦就是因为狗。楚先生的童书里写了一个小男孩和爱犬的冒险故事，中间有一段剧情是：主角的狗受了伤，他以为它死了，伤心地埋葬了它。他舍不得离开爱犬长眠的地方，夜里就睡在那座土坡上。

但其实他的狗没有死，它只是重伤昏迷。他睡在坟墓上，身体的温暖唤醒了它，让它挣扎着离开泥土，回到主人身边。

孩子的母亲很气愤：“因为看了这本书，孩子就想效仿，半夜睡在院子里埋狗的地方，被楼上的高空抛物砸到，受了重伤。这本书怎么能让它出版？”

楚先生起初想安慰她：“是的，我理解你的气愤，我完全理解。这是个悲剧，换成是我，我也会痛心疾首……”

老纪经过楼道，一把将他揪回去，然后对那个母亲说：“你还是直接去告吧。”

老纪对人心摸得很透，远比楚先生这种书写真善美的童书作家来得透。

要怎么让104室的夫妇冷静？城市里，一个“体面人家”要养大一个孩子，需要父母辈和自己把所有的积蓄与资源全都砸进去，就好像用所有钱赌一只股票，结果赔光，谁能冷静？

他们就是疯了，彻底疯了，换作任何人面对这种事都冷静不了。104室是双职工家庭，夫妇俩都是小公司的基础员工，为了这套房，两人每个月加起来一万二的工资要分出八千块还贷，剩下四千要照顾上头四个老人，要给孩子留教育经费，要过日子。这年头就连呼吸都是要钱的。

现在好不容易养着的孩子受了重伤，家庭收支就瞬间崩盘了。

换谁都疯，抚慰无用。

一个月后，楚先生的书卖不动了。新闻铺天盖地的，书商和经销商都不敢碰它。

编辑通知他这个消息的时候也是很崩溃的。104室的母亲还在孜孜不倦地给各个部门写信、打电话，要求追究、严惩、赔偿——女人的怒火根本无穷无尽。

但楚先生也只能自我安慰："我失去的就是一本书，她失去了一个健康的孩子。"

楚先生有时候心态爆炸，也会想：孩子跟着这样的妈妈也是一种折磨。

老纪晚上和学生喝酒，拉上楚先生一起去一醉解千愁。老纪的学生的学生，刚好是跟过这个案子的，酒过三巡，那人提起一件有趣的事。

他说："那条狗，你们还记得吗？"

老纪问："什么狗？"

学生答："那条从他们家院子里挖出来的狗。"

楚先生想起来了："记得记得。那孩子应该挺喜欢那条狗的，所以睡在埋它的土堆上面……"

学生继续道："物证科那边走流程也解剖了一下，我们发现，那家人说谎了，狗不是病死的。它的颈椎断了，是被人摔死的。"

楚先生有点吃不下东西了。他很喜欢狗，很喜欢小动物，吃饭的时候，如果听见小动物受苦，他的胃就会像绞起来一样痛。

学生说："高空抛物的那个人也判了——家里要换电视，男人去网上买，贪便宜买到了山寨电视。老婆和女儿怪他贪小便宜，两边吵了起来。吵到半夜，男人把电视丢出阳台，砸到了104室的院子里。"

2003 室的住户是教师家庭，男女都是教师，人们会称呼男主人为周老师。

周老师平时很有派头，他是很以教师身份而自豪的。教师是园丁，是学生另一种意义上的父母，是培育未来栋梁的教育家，他可以让学生们好好学习。

虽然周老师觉得自己是个伟大的退休教师，但几乎没有学生来看他。如果他的学生在同学会上聊起这位班主任，都会称他为“那个自我感觉良好的人”。

尤其是女学生提起他：“他是不是觉得所有女的都崇拜他啊？他分班前还一个个找女学生聊，让女生别选理科选文科，转头在家长会上说自己和学生一对一聊到八九点，这人和别人说话基本上就是自言自语捧自己。”

周老师不放过任何一个可以彰显权威的地方，他让学生在放学后再留校两小时，并让他们说是“自愿留校”，希望校长下班经过教室时，能看见里面坐满了人。

周老师退休后依旧喜欢不断细数自己从前的成就，比如得过教职工歌唱比赛一等奖、教职工乒乓球比赛一等奖，谁谁夸他有文采，谁谁夸他不显老等。

这些事，他能反反复复地说，说很多年。他在家里的餐桌上说，吃完晚饭说，睡前说。2003 室的餐桌旁，往往只有周老师一个人的声音，妻子偶尔附和他几句，女儿面无表情地低头扒饭。

周老师一直说：“现在的年轻人真是不行了，做事一点儿都不踏实用心，什么都不肯干，这是真的从学校层面坏了，基础教育都没做好。”

周老师继续道："走进教师办公室，年轻教师们整天叽叽喳喳，阴气深沉，这怎么教得好学生？我当班主任带毕业班那会儿，每天下了班啊，挨个找女生聊，告诉她们去选文科不要选理科，可是很多老师啊……"

周老师的女儿放下碗："我吃饱了。"

女儿一如既往地拿起空碗去厨房洗掉，然后回自己的房间把门关上，随后长长松了一口气。

周老师家的电视机坏了后，他让工人来修，反复修了五六次。每次工人在那儿修电视机，他就靠在沙发上，和工人说那些自己过去的成绩。

晚饭的时候，他的谈资就多了："今天来修电视的那个小吴，听了我以前的事，眼睛瞪得那么大。工人嘛，平时都接触不到我们这样的教师家庭……"

女儿放下碗："我吃饱了。"

周老师问："才吃了两口怎么就吃饱了？"

女儿答："没事，我减肥。"

女儿提议道："电视机还是直接换台新的吧，这么反复修不是办法。我去网上找找看……"

周老师让女儿别买那种进口牌子，就买家里原来电视机的那种牌子型号。女儿说那是十年前的东西，根本找不到同款了。

女儿说："只能在同牌子里面找个新的型号。我去官方店下单……"

周老师大手一挥："别去网上买！有人发文章说过，网上的家电生产线和线下的根本不是同一条，质量很差。”

女儿说：“不会吧，应该不会……”

周老师说年轻人不懂这个，还是自己来。

他先去线下店晃了一圈，发现线下的电视机也没便宜到哪里去，然后在网上找了一家非官方的店，据说这家店卖的是“另一条生产线的电视”。

电视机的价格很低，只要官方店同款的三分之一。周老师下单了。

周老师吃饭时埋怨女儿：“要是按你说的买，就当冤大头了。我买这个只要一千二，还包安装。女人就是好骗，网上的店换个名字就信了。我以前办公室里有个女老师……”

女儿放下碗：“我吃饱了。”

电视机在一周后送来了，纸箱子上没有 LOGO（标识）。

店家说今天安排安装，结果没有人来；后来说三天后安排，安装师傅还是没来；又说一周后……

硕大的纸箱子摆在门口，女儿每天都问：“今天会来装吗？”

一周后，安装师傅还是没有来。女儿打了那个品牌的电话，直接从品牌那边约了安装师傅。师傅当天下午来了，只看了一眼箱子就说：“这个电视不是我们品牌的，我不能给你装。”

那家网店的客服从此再也没有理周老师。

周老师虽然知道自己被骗了，但还是很悠哉：“现在市监局管得很严，只要我写封信给本地市监局……”

女儿放下碗，这次没有说吃饱了，而是深吸一口气：“可是这家店不是本地的，你知道它是哪座城市的吗？”

周老师呆住了。

女儿问：“就算发货地是 A 地，店也可以在其他城市。你问店里客服，你看他们回不回你？”

女儿继续道：“给市监局什么材料你知道吗？你怎么证明这是假的？你要把电视机寄过去。”

周老师愣了愣：“没事，假一赔十……”

女儿答：“这种店可以直接关店跑路，再换一家店开出来。它没有保证金的。”

周老师拍桌：“说得好像你有办法一样！”

女儿说有办法啊，退掉它，重买新的！

但周老师已经确认收货了——签收的当天，网店的客服妹妹打电话给他，说这是考核的最后一天了，就差他最后一个确认和好评……周老师满口答应，点了收货。

于是退货的难度就大了很多。

母女俩听见他已经点了收货，都以为自己听错了。

妻子问：“你为什么就不能在正规店里买呢？”

周老师说：“正规店正规店，货都是一样的呀！你们信正规店，正规店就肯定没问题了？”

女儿问：“那你现在有什么办法？你把这台假货装上？货都是假的，你怎么保证电视机没问题？如果它坏了，你找谁保修？”

周老师自己冲过去拆箱子：“我装给你看！”

他把电视机的电源接上，但按按钮一点反应都没有。女儿走过去掂了掂，它很轻，这东西就只有个电视机的壳子和里面的两块金属板而已。

女儿气极反笑："天天说自己多厉害多懂，你继续说啊。"

然后，2003 室的争吵声就响彻了整个楼层，他们吵到了深夜。最后，事情以周老师搬起那台假电视丢下阳台告终。

104 室搬走了。

夫妇俩离了婚，房子转卖了，各自回了各自的老家。他们俩都是县城人，从大学开始，不断试着在这座一线城市站稳脚跟，眼看下一代可以稳稳扎住，却发现是幻梦一场。

楚先生下楼买晚饭，路过 104 室时发现房门开着，灯亮着，女人带着搬家工人，从里面搬出自己的东西。男人是前天搬走的，她再搬走，这里就空了。

她看他走过去，用极哀怨的眼神盯着他，看得楚先生心里发毛。

等楚先生买东西回来，104 室已空了，灯关着，门开着。里面的窗帘撤了，月光幽幽地从窗外落进来。

屋子里还堆着许多原主人不要的东西，比如书和杂志。他走进去，在一堆书里面看见了自己的那本书。

楚先生翻开它。这本书很旧，显然，这家的孩子曾经一遍一遍地翻看过它。

在流浪狗"吉姆"苏醒并和主角重逢的那一页，有用红笔重重写下的稚嫩语句。

"等大白醒过来，我就和大白一起远走高飞，再也不回来。"

虽然叫大白，但 104 室原来养的那只狗只是一只很小很小的博美犬。

104 室的孩子，过得是不太开心的。

左邻右舍有时候会在晚饭后孩子做作业的时间，听见 104 室传来的怒骂声。孩子的爸爸有一支细钢鞭，他拿着它盯着孩子做作业。

他们付出一切才留在这座城市，孩子承担了所有的希望。他们一生的希望，祖辈一生的希望，都要靠这个孩子来实现，他们想要永远留在这座灯红酒绿的大都会里。

有时邻居会听见很清晰的暴怒声——

“爸爸妈妈付出了多少代价才让你能进那所学校？！你分心？你粗心到漏了题没填？！你怎么不把脑子丢了？！

“是不是那条狗让你分心的？当初养狗的时候怎么说的？考好了才允许你养狗，养了就不许再分心了，要是那条狗让你分心，那干脆就不要那条狗了！”

邻居们听到男人摔门出去的声音、孩子的哭声、女人的尖叫声……从那天之后，104 室就再也没有传出过狗叫声。

楚先生拿着自己的书，来到那处院子里。出事的地方已经被填平了，但依稀能看见新土的痕迹。

他浅浅地拨开土层，把书埋了进去。

CHAPTER · 02

恶 童

恶童

CHAPTER·02

1405 室的小玲姑娘搬来爱呀河小区的原因是：这个老小区到她的公司只需要十五分钟。靠近公司的小区对打工人来说是梦寐以求的天选之地，而且小区的房子虽然旧，但是便宜，不用合租。

小玲唯一的烦恼是 1406 家的孩子。

她出门上班和隔壁的孩子出门上学的时间差不多，他们经常在楼道口撞上。那个孩子大概十岁的样子，吵闹好动得像只猴子。

他很皮，总是喜欢吓小玲，但再怎么皮，也没见他妈有啥动作。

小玲有时候忍无可忍地朝他怒喝，孩子就会躲到自己母亲的身后——女人对小玲笑笑，然后告诉孩子“下次不可以了”。这样轻描淡写的言语显然没有任何作用，脸和猴子一样皱巴巴的男孩对小玲喊着“老阿姨”，然后飞奔下了楼道。

小玲对 1406 室的母亲很客气，因为她是那种传统意义上的

“热心邻居”。刘姐年纪有些大，已经四十七岁了，也就是说，她在三十七岁的时候生下了这个孩子。

小玲搬来的第一天，刘姐热心地过来帮忙，和她一起将那些沉重的纸箱推进去，还问小玲缺什么日用品，自己都能拿过来。

光在帮忙搬家的这半小时里，小玲已经知道了刘姐是个单身母亲，几年前老公在车间工作的时候意外跌死了，她一个女人辛苦地把儿子拉扯大，遇到了无数的不容易。

刘姐说：“那时候也有男人追我啊，还不止一个，在我单位门口等我，在楼道口等我……”

“可我有聪聪了啊，我得守着聪聪啊。这么多年我就一个人，没再找其他人。

“大家都劝我再找一个，我条件也不差。但是聪聪是我三十七岁的时候拼了命才生下来的啊，好歹替老崔家留了个根……”

从她喋喋不休的话语中，小玲能隐约感觉到她那过剩的哀怨与倾诉欲。同样的倾诉，爱呀河小区里几乎每个住户都听过，或者说，只要你遇到刘姐，她就会抓住一切机会，把自己拉扯大儿子的功勋和你细细地说一遍。

刘姐加了小玲的微信，这位老大姐的朋友圈里只有一个永恒的主题——儿子。她儿子聪聪那张不怎么可爱的脸，在母亲旧手机的老式镜头下，以及她残酷的、带着爱意的拍摄中透着股黑光。各种角度的照片都配上了刘姐母爱溢出的文字——“谢谢聪聪来到妈妈身边，妈妈一定会珍惜上天赐予的小天使。”

小玲带着点歉意把她的朋友圈给屏蔽了。经理路过她的身后，看着她说：“你在玩手机？”

她连忙把手机放下。公司的效益在今年坠入谷底，有消息说，部门要裁人了。

下班到家，小玲听见隔壁传来孩子尖厉的哭声——聪聪在楼下玩的时候，被705室的凶老头老纪吼了。小玲其实知道那件事，她下班经过楼下时看见聪聪在那儿撒着欢儿跑，拿着水枪对着进小区的人一顿乱滋，501家的女孩子都被吓哭了。

刚好705室的老纪买菜回来，揪起他的衣领子吼了几句。

小玲听见摔门声。刘姐拉着聪聪去705室找老纪要说法。

501家的女儿小惠是个没啥声音的姑娘。

她的长相和父母的粗犷长相很像，是个骨架大、脸盘大的女孩子，身材比同龄女孩子来得壮，发育也更早。

小惠走路的时候喜欢佝偻着背，含着胸。每个班里胸部最早发育的女孩都会这样。尽管已经十二三岁了，但当她看见拿着水枪在楼下乱窜的聪聪时，还是会害怕。

刘姐在老纪家门口声嘶力竭地喊："我就这一个孩子，老崔家就这一根独苗了，我为了生这个孩子，命都没了半条！以后谁再敢动我儿子一下，我非得讨个说法不可！"

就算是平时喜欢打开屋门的老纪，今天也把门死死地关上并反锁了。刘姐吼完老纪，又拉着儿子去了五楼，砸开501室的房门。刘姐指着小惠妈妈的鼻子骂道："让你女儿管好自己！她不挑事，我家聪聪怎么会跟她玩？也不看看她自己的样子！"

出完这两口恶气，刘姐才拉着儿子上电梯。她一边走，一边安抚孩子："没事的，不管谁欺负你，妈妈都会替你讨回公道。"

小玲在第二个月的时候已经有些怕刘姐了。她每天晚上八九点下班回家，精疲力竭，但刘姐总会敲门过来，带着点水果瓜子，和她谈谈心，一坐就是一个半小时。

刘姐说，小玲一个外地姑娘独自来工作，太不容易了，做邻居的肯定要多来关心关心。她会打开电视看八点档，边看边闲聊，小玲也不好把客人丢在客厅，只能陪坐。但因为实在不想宝贵的休息时间被无穷无尽的家长里短消耗掉，小玲想到一个办法。

但这个办法是让她最后悔的一个办法。

小玲说："刘姐，你晚上总待在我这儿，聪聪一个人留在家里没事吧？你都不盯着他做作业吗？"

刘姐叹气："盯能盯出一肚子火。哎，又能怎么样呢？男孩子嘛。"

刘姐说："等高中就自觉了。男孩子都是这样的，小时候读书读不过女生，都是高中再发力的……"

只是，想起儿子一个人在家，刘姐果然还是不放心，走得比从前早了些。小玲松了口气，以为找到了绝招制敌。

然而没有。

第二天晚上，刘姐一如既往地敲响了门，带着热情的微笑，端着一盘切好的苹果站在外面。在她身边，聪聪正不情愿地拧着妈妈的手。

刘姐说："我不放心聪聪一个人在家，就带他一起来坐坐了，顺便让他把作业也做了。"

"小玲是大学生吧？小玲，麻烦你帮他看一看英语作业啊，你比我懂。"

因为害怕那些男孩子，小惠经常哭着逃回家。

她的父母这段时间很辛苦，她的父亲是销售员，常年在外跑业务；妈妈是鞋柜营业员，如今线下鞋业受冲击严重，她为了业绩早已不分早晚班。

上学的时候，妈妈会骑着电瓶车送小惠到地铁站，小惠哭着央求妈妈来接她放学。小玲和她们走一条路线，她能看见小惠妈妈脸上的疲惫与不耐烦。

小惠妈妈推了把女儿："大人都很忙，人家聪聪是喜欢你才这样的，你别理他，他过一阵就好了。"

小惠被妈妈丢开，又挣扎着去抓妈妈的手："他骂我——"

母亲彻底不耐烦了:"他打你骂你那你打回去啊！你还手啊！你长这么大个身板有什么用？！"

小惠呆呆地站在原地，不吭声了，看着母亲走远。小玲经过她身边，不知为什么停了下来。

小玲拍了拍她的肩："我是 1405 室的徐小玲，你要是不介意在学校做会儿作业等到九点的话，我可以来接你。"

从那天开始，放学后小惠就继续在老师办公室里做作业，等小玲阿姨来接她。小惠的妈妈知道后还带了几条围巾来感谢小玲。

小玲说："女孩子在这个年龄段对某些事会很敏感的。阿姨，你真的不能不当回事……"

小惠妈妈眼神带着疲惫，对她敷衍地笑笑。小惠家上面还有四个老人，其中两个都确诊了癌症，这套房还在还贷，而小惠爸爸作为销售，收入有七成取决于提成。今年，他的收入已经只剩下最后的三成了。

小玲知道，自己不能再多说什么了。

有一天，小玲在门外的鞋架前穿鞋，脚踩进去就匆匆走了。走了几步，她发现不对劲。

两只鞋子里被人倒了许多 502 胶水，又因为天冷，小玲没有及时察觉，她双脚脚底被严重化学性灼伤，医生说至少需要休息两周才能正常步行。

老小区的楼道没监控，也找不到恶作剧的源头。她只能和经理请假，对方沉默了很久，然后问：“徐小玲，你是不是不想做了？”

经理说：“你之前每天都说有事，八点半就要走。但你八点半走，其他人就要忙到九点半。一次两次我没说什么，你连着一周都这样，你要懂得适可而止。”

小玲说：“我可以居家工作的。”

经理拒绝她：“不用了。你上个月的绩效和考核我都报上去了，情况也反映了，你等通知吧。今年公司效益不好，不能每个人都和你一样。”

小玲待在家，只能靠助行器移动，每次行动时就和小美人鱼一样，脚底钻心地痛。公司的 HR 来了消息，让她好好休养，一周后去“谈一谈”。

她知道这是什么意思。

刘姐也来过，就坐在客厅，开着电视和她絮絮叨叨。刘姐亡夫崔先生的母亲病重了，崔家在商量遗产的事。

刘姐每天絮叨的就是遗产里的老人的房子。

刘姐说：“我替他家留下一个独苗，他上头有两个姐姐，就他一个儿子……我一个人，就守着这个儿子，有人追我我也没答应，我一个人啊，你说现在多少女人守得住啊？我多不容易，能为了个儿子守住……

“那套房应该是聪聪的啊。其他两个女儿的孩子，那叫外孙，聪聪是嫡亲的孙子啊，外孙哪能和嫡亲的比？

“我都想好了，那套房给聪聪当婚房，这套房就租掉，我守了那么多年，把留下的一根独苗拉扯大，我们孤儿寡母，他老崔家不会那么无情吧……

“三十七岁啊，我三十七岁才生下的儿子……”

刘姐坐在沙发上反复地念叨，像一台坏了的录音机。小玲躺在卧室床上，忽然忍不住问：“刘姐，你自己想要什么？”

刘姐愣了一下，用困惑的眼神看向小玲：“我就是想要这个儿子好好长大啊，我还能想要啥？我就是豁出这条命也要把聪聪拉扯大，你当了妈你就懂了，什么其他的我都已经不想要了，我只要儿子……只要儿子好……”

小玲戴上耳机追剧，没再说话。

晚上等刘姐走了，小玲窝在被子里，给外公打了个电话。

小玲是那种城市里“丢给祖父母带”的孩子，是外公外婆带大的。她出生那年，爷爷奶奶看见生出来的是个女孩，留下一篮水果就走了。

小玲的外公在上上辈人的眼里不算是“正经人”。他出生在有钱人家，后来也当了工人，但从来没安分守己过，他会拉手风琴，会给女工们拍照片，会唱俄语情歌然后被抓进去写悔过书。改革开放了之后，老头子居然开始听海外摇滚，还玩机车。

小玲这几年不太敢给老家的老人打电话，她怕外公问：“过得好不好啊？”

等电话接通，小玲告诉自己，待会儿不能哭。

外公的声音从那头传出来：“小玲啊？咋想到给我打电话了？咋样？过得好不好啊？”

几乎是一瞬间，小玲哇地哭了。她什么都说不出，只能像个傻子，窝在被子里号啕大哭。

外公懂了。外公问：“你是不是过得不好？是不是有人欺负你？是不是……他们怎么敢对你不好？外公那么宝贝你……”

小玲含糊地哭着喊外公。外公说：“要是不痛快咱们就不在外面做了，回老家，外公天天挖红薯给你吃，外公种了很多菜，外公还能照顾小玲的。”

外公说：“谁让你委屈了？是不是老板？外公替你去讨公道，我拿拐杖去抽他。”

小玲忽然想起刘姐也说过类似的话，不禁破涕而笑。

小玲说：“我没事，就是想你了。”

小玲拿起纸巾擤鼻涕，擤得鼻子红红的：“下周我回老家看你。我想吃酸萝卜老鸭汤，外公，你选只丑一点的鸭子啊，别选太可爱的。”

小玲挂上电话，怔怔许久，然后抱着腿落了很久的眼泪。手机一直都是黑屏，没有通话，外公的号码已经无人接听了。老人们都已经走了，老家的那块自留地，早已荒芜成了灰土。

小玲勉强能走路后，准备早上再去一趟公司，把最后的工作交接掉，休息一阵再去找新的工作。

她刚出门就遇见了带着儿子去学校的刘姐。刘姐一边走一边打电话，至于贼眉鼠眼的聪聪，看见她的时候就甩开妈妈先窜去了电梯间，坐电梯下了楼。

刘姐没管他，仍旧在打电话。小玲还没来得及和她打招呼，刘姐突然拿着手机坐下来，厉声痛哭。

刘姐哀号：“我替你们老崔家生了独苗，我守了那么多年！你们把我们孤儿寡母一脚踢开，你们是人吗？”

“我是不中用了，聪聪以后还要娶媳妇结婚，他的婚房怎么办？你们就这么不管你们老崔家的独苗了？你们养的那都是外边人家的，聪聪不是啊！聪聪才是能传宗接代的啊！房子给聪聪就一直姓崔，你们怎么不明白呢？

“我白活了——追悼会上我们说个清楚，要不然我白活了——”

刘姐抹着眼泪，和一瘸一拐的小玲一起下电梯。小玲大概猜得出通话内容，但她没问。至于刘姐哽咽的倾诉，她也无心去听。

电梯到了一楼，她们出了楼道。今天阳光灿烂，此时正是上班上学的高峰期，爱呀河小区的门口人来车往。

一声尖厉的惨叫从门口小花园处传来，连带着一阵人们的惊呼声。小花园那边围了许多人，包围圈的中间，老纪承担着调解员的角色。大早上的，也许有人在打架，不知打成什么样才会叫得那么惨。

但这和小玲没关系了。

在惨叫声里，她慢慢走完最后一次十五分钟的通勤路。

CHAPTER · 03

火 花

火花

CHAPTER · 03

爱呀河小区 503 室失火了。

死者叫胡杜，今年二十岁，因为幼年时受过脑外伤，有中度智力障碍。

火是从客厅烧起来的，起火点是沙发，再然后是柜子、桌布、墙壁……因为起火时间是中午，大年三十，楼里的居民大多在外面聚会，等发现火情，503 室附近已经烧成了一片火海。

胡杜的遗体很好辨认，他的颅骨上有个非常明显的凹陷。

这个凹陷大约有二十厘米，严重挤压了他的脑部发育空间，从外观上看触目惊心。

李妹还在外面送餐，听见消息匆匆回来，呆滞地看着面目全非的家。过了一会儿，她突然转身冲上楼，一口气跑到十五楼，疯狂地砸起了一扇门。

门开了，一个干瘪的老太从里面走出来。她还没反应过来，就被李妹扑倒在地，接着，老太的惨叫回荡在楼道里。

胡杜刚出事的那两年，李妹的丈夫对她说得最多的话就是“你给这孩子一个痛快吧”。

那时候胡杜刚六个月，李妹推着婴儿车下楼买菜，一颗苹果芯从天而降，砸进了婴儿车。

高空落苹果并不是第一次了。1502 室的张老太那段时间在带孙子，老人的习惯不太好，喜欢抱着孩子在阳台边吃水果，有时候吃着吃着，顺手就把吃剩的水果丢下去。

从前被人发现过，但没引起啥后果，张老太也五十多岁了，大家最多上门提醒两句。

老太起初是认了，说刚才手滑；紧接着听说砸到了人，就立刻改口说没有扔。

苹果芯上没留下足够的指纹，无论李妹怎么质问，1502 室不再回答。

李妹和张老太的官司拉锯了很久，久到她和丈夫离了婚。

丈夫说：“这孩子能不能养大，养大后会怎么样，我们老了之后他怎么办……全都不知道。”

他能找老同学疏通关系，再生一个“好”的。

其实丈夫的这番说辞，她也从其他人那儿听到过。

李妹第一次发现，在这个男人眼里，孩子是和他没关系的生物。孩子是女人十月怀胎掉下来的肉，哪里能说放弃就放弃？

母亲的含义是什么？是最慈悲的神，是最凶狠的母兽，是眼中除了自己与孩子再无他物的人。

李妹离了婚，独自抚养胡杜。

705 室的老纪见过胡杜几次。但凡是见过胡杜的人，若非当过母亲，心里都会冒出一个声音——

“让这个孩子活下来，是很残忍的事情。”

胡杜的智力很低，有共济失调，左眼有将近一千度的近视，右眼则完全失明。

他会毫无预兆地呕吐、抽搐，平衡感几近于无……随着他的长大，胡杜头部的凹陷越来越明显，时时威胁着他的生命安全。

几个老头聚在花园里抽烟下棋，聊起这场火灾。老纪所在的七楼也被烟熏黑了，需要重新装修。

有人说：“会不会是李妹终于熬不住了，想一把火烧了算了？”

大家都看着老纪，老纪是退休刑警，在大众的认知里，这种老头可以在五秒内直接找出真凶。

老纪莫名其妙：“我咋知道？”

大家继续看着他说：“你不知道？你怎么会不知道？”

老纪很无奈：“当年那个人装成我表弟住我家那么久我都不知道，别人家的事我怎么知道？”

老纪答应替李妹保守那个秘密。

那年胡杜七岁，无法送入特殊学校托管。那些学校能接收智力障碍学生，但是没有能力接收随时有生命危险的学生。

李妹只能继续自己带他。胡杜学不会上厕所，大小便都拉在身上，要定时换尿布。有个来帮忙的钟点工阿姨，经常在闲时和别的住户唠嗑。她们用可怜的语气说起胡杜，阿姨说，自己打算下周回老家，她坚持不住了，除了李妹这个亲娘，没人能照顾这个孩子。

阿姨说："有时候也理解的，亲娘嘛。但看他这样真的作孽，让他活下来干啥？真作孽。"

李妹一个人带孩子，找了份帮厨的活。她工作，孩子等在角落。听话是胡杜唯一的优点，他听妈妈的话，可以安静地坐一天。

但帮厨的工作很快就没了。老板说胡杜身上有股味道，不能待在后厨。

她去过工地、装修队，也当过保姆。每攒下一笔钱，李妹就会带着儿子去寻找名医，寻求最后的转机。

她得到的最好结果是一个老主任和她说，可以试试颅骨修复，但成功率不到百分之十。在剩下百分之九十的情况里，胡杜会死在手术台上。

李妹带着孩子，在那座城市的公园里坐了很久。风轻轻吹过这对母子，胡杜轻声含糊地说："妈妈，水，妈妈。"

很多的水，从李妹的眼睛里涌出来。

那年，老弄堂里还能见到煤球炉，李妹家也有一个，用来取暖。

天气很冷，她把门窗都关紧，紧紧抱着孩子，让他窝在自己的怀中安睡。

昏昏沉沉间，她才发现平日里留着透风的小窗不知何时上了锁，但她已经失去了呼喊的力气。

李妹想，这个孩子生时吃了许许多多的苦，唯一有的就是一个妈妈，如果真有什么事情，至少她还陪着他。

那是一个大年三十。老纪提着老战友送的年货送邻居，路过503室时，他想给这对母子送些肉松干果。

灯开着，敲门却没人应。老纪发现不对，当机立断踹开了房门。

所以他知道，若是李妹真想放弃这个孩子，她一定会跟着一起放弃自己。

503室的火灾还在调查中。李妹咬伤了张老太，但情况特殊，张家也不敢追究。

时间一年年过去，当年的事情也一点点淡去，甚至有人开始以为胡杜是先天畸形。哪怕李妹心里仍有芥蒂，也只能和张老太进行无休止的口头拉扯。

说来奇怪，李妹过去性情和善，有点因果小迷信，故而不敢作恶。可偏偏遇到这种事的，大都是不知如何面对恶的好人。

张老太年纪大了，性格愈发固执刁钻，她经常说："我快七十了，我怕什么？"

警方在老太家里发现了几桶气味刺激的液体，她嫌疑很大，但当案件组的人上门带人走时，老人却近乎歇斯底里地挣扎号叫："你们凭什么带我走？！"

但是很快，张老太又被放了出来。那几桶液体被证明只是地板打蜡油，火灾发生的时候，她正在看短视频，APP后台有连续操作记录。

起火点也确定了，是客厅内起火，纵火者让胡杜开了门，然后进入客厅。

胡杜长大后，勉强能够独自待在家里。那时，李妹在外面工作。

从电梯监控来看，那段时间唯一去过5楼的人，只有胡杜的生父，也就是李妹的前夫。

胡先生这几年回头找前妻，不是想寻求复合，而是有其他打算。

他起初带着花，回到爱呀河小区，想重新和这对母子发展感情。后来李妹知道他的目的了，把花塞进了垃圾桶。

胡先生说："你这是何必，花很贵的，现在买鲜花，几枝动辄几十块，简直疯了。"

胡先生鼓起勇气打量胡杜畸形的脸："其实他的精神是没问题的，不是那种家族遗传的精神病啊，他是后天的外伤。我咨询过了，他这样的情况，生出来的孩子还是健康的……"

胡先生说："李妹，他还可以生小孩，你不想要孙子吗？"

胡先生这些年都没有再找到人，他想留个后，继而想起了胡杜。

有户人家，情况和胡杜很相似，也是女儿有脑外伤重度残疾。胡先生的意思是，让这两个人在一起，以后生了孩子，至少可以留个香火。

胡先生劝李妹："我们还有几十年，把孙子带大了，老了以后还有个孩子能反过来照顾我们。"

胡先生以前很喜欢对李妹说，你们女人不理智。李妹有时觉得这句话很对，她真的觉得，前夫在某些时候，理智到好像是完全不同的另一种动物。

胡先生曾经趁李妹工作时带走胡杜，他骗儿子坐上出租车，打开手机里的美女图片，啧啧有声："给你介绍的女人比这些都漂亮，你有福的。"

李妹用定位环把人拦了下来，他们在马路中间拉扯推搡，前夫暴怒："又不是让你生！你是要我断子绝孙？！"

胡杜呆呆地站在旁边，拉住母亲的衣角。胡先生说："你知道你有多自私吗？你怎么就知道他不想要女人？"

胡杜摇头："我只要妈妈。"

胡杜拉着妈妈，母子俩丢下暴怒的男人回了家。

胡先生在找律师，试图拿回抚养权。他警告过李妹："随便出点什么事，你就没办法养这个孩子。这套房子是公房，你在厕所和浴室装的那些扶手全都算违章，我一封信就能举报你。"

这个事情还没定论，而且他得到抚养权的可能性也很低。也许是为了争取胡杜的好感，胡先生在那天提了些水果上门。

胡先生说："胡杜啊，你开门吧。大过年的，我给你和妈妈送点东西来。"

李妹在外面送外卖，每天回到家，脸上手上被吹得好像皱布。她还在想攒一笔钱，重新带胡杜去求医。李妹想，过去这么多年，说不定医学发展了，她看见有个新闻，说用什么人造材料做的人工颅骨，把一个车祸重伤的孩子救了，孩子萎缩的大脑重新开始发育，有希望达到生活自理……

胡先生说："你跟爸爸走，跟爸爸走就有媳妇，爸爸能养活你。她养不活你的，你衣服都旧了，爸爸还给你带了新外套来……"

但是，那天直到最后，胡杜都没有开门。

胡先生叹气：“大年三十的，本来想送你们点什么的。”

胡先生拿起果篮，恹恹地走了。无论怎么审问，他都对天发誓，那天自己没有进过屋，胡杜有智力障碍，如果妈妈告诉他不能开门，他就怎么都不会开门。

胡杜平时会被母亲带到阳光之家，社工们会陪他做游戏，带他参加一些活动。快过年了，阳光之家的社工们带着他做红包。

拿红纸叠成一个个小红包，再拿一张小红纸，里面写上给妈妈的祝福，折成小红花放进红包里。

对于这些孩子来说，这已经是能力范围里能给父母最好的礼物了。

胡杜坐在那儿做手工，他问：“我还能送妈妈什么呀？”

社工说：“你可以给妈妈一个拥抱，说‘辛苦妈妈’，给妈妈倒水……”

胡杜静静听着，这个有智力障碍的人很少有地没有笑，他认真问：“我能送妈妈钱吗？”

也许在那个时间点，他发育异常的大脑，第一次开始了解自己与这个世界的关系。胡杜突然间明白，拥抱也好，感谢的话也好，递过去的水也好，这些根本算不上礼物。

这只是某种慰藉。慰藉过去，李妹就必须更拼命地工作，才能负担他的余生与医药费。

胡先生和李妹在客厅里发生过很多次争执，但争执内容大同小异。胡先生一直在问：“你养他做什么？他还能做什么？你以为是养猫养狗，养个几年就送走了？他能活几十年！他能活得比你久！”

你养他做什么。

胡杜透过门缝，听见母亲的嘶吼。李妹的回答永远只有一句——

“他是我的孩子。”

我什么都愿意为他做。

胡杜叠了很多红包，很多小红花。这些东西没法变成钱，他这一辈子，也没有能力把任何东西变成钱。这个叫作钱的东西对他而言难以企及，却能解决李妹的所有困难。

除夕夜前，李妹送餐送了通宵。她回到家，抱住了熟睡的孩子。

胡杜醒了。他问妈妈：“妈妈累不累？”

李妹说：“妈妈不累。妈妈替宝宝摘小花去了。”

妈妈爱你，妈妈愿意为你吃所有的苦。只要能把你留在这个世界上。

胡杜想听真话，他听过别人骂他是白痴智障。他问李妹：“妈妈，你为我那么累的时候，你讨厌我吗？”

李妹摇头：“真正的妈妈不会讨厌自己的宝宝的。”

“妈妈只想和你说对不起。

“妈妈那时候没有保护好你，如果妈妈再走慢一步，妈妈就能保护你了。

“宝宝啊，是妈妈对不起你。”

大年三十，胡杜想送些什么给母亲，比如一个真正的礼物。

母亲出门后，他独自在家，从冰箱里拿出鸡蛋、面粉、糖。他需要用所有的力气去学怎么做一个蛋糕。一个歪歪扭扭的成品在几个小时后才出炉，看上去就和他一样长相奇怪。

年轻人用那几根因为协调能力差而不断颤抖的手指，努力点亮打火机，将它凑近蛋糕上的蜡烛。

在大年三十的中午十二点，二十岁的智力障碍者胡杜，点亮了一朵失控的火花。

CHAPTER · 04

青霉

青霉

CHAPTER·04

爱呀河小区有居民反映，最近在家里闻到了怪味，天花板在往下渗水，找了水管工来看，不是暗管爆了，是楼上812室的卧室地板渗水。

812室的孙长秋睡在卧室里，因为天气炎热，屋里门窗都关着，尸体已经腐烂。

人们破门而入的时候，孙长秋的儿子徐金鸣正盘腿坐在客厅沙发上玩手游。听见开门声，他木然地抬头看一眼，又低下头看着屏幕。

人们进入卧室发现尸体，联系相关部门运走尸体……直到被要求暂时离开房屋，徐金鸣才有了点反应，拖着那软胖苍白的身躯，一边低头玩手机，一边走向门口。

爱呀河小区811室和812室，住着两户人家。

一户人家养了儿子，一户人家养了女儿，两家的母亲在同一天、同一个小时、同一家医院生育，这两个孩子的名字甚至都带着些与生俱来的缘分，一个叫玉秀，一个叫金鸣。

当年，小玉和小金被爱呀河的大人们称作“金童玉女”，就算是小区里脾气最乖僻的人，看见两个孩子被抱出来散步，也会忍不住露出慈祥的微笑。

小金的家长过去听得最多的话就是：“你们家孩子不用愁了，老天爷啥都帮你们安排好了。”

两个孩子做什么都要一起。一起办满月酒，一起拍儿童照，一起过生日……

小学时，徐金鸣已经有点胖了，小西装紧紧地绷在他的肚子上——得益于母亲和祖母的疼爱，他每顿饭都要吃掉一盘红烧肉。

对于这套喂养法则，两名慈爱的女性有一套自己的理论，那就是男孩小时候不管多胖，发育时都会一下子瘦下来，小时候喂得越胖，以后个子就能蹿得越高。

小金话不多，成绩从原来的中游变成下游，与体重呈现反比。因为不爱锻炼，他变成了一个苍白而圆润的人。中考的时候，两个孩子的成绩已经差得很远了。

孙长秋依旧觉得，儿子和隔壁家小玉是天注定的一对。

小玉考上高中了，接下来有很重的学业，得上补课班，得准备高考，她还是排球特优生，训练很密集。而小金则轻松多了——他进了美术工艺的中专，整个人看上去更加沉闷和缓慢。

孙长秋觉得这都不算什么，男孩子不管小时候多胖，长大后都会又高又壮。她有她的那一套理论，这套理论出现在许多父母口中，何况孙长秋觉得，儿子有他赢在起跑线上的优势——他有个老天爷定下的媳妇。

中专第二年的时候，金鸣不小心从楼梯上滚了下去。他摔在楼梯底下，头晕目眩，楼梯上有人经过，没人看他一眼。

金鸣从学校回家，走上楼道时遇到了小玉。

小玉叫他，他没理，继续往前走去。

就在他快走上电梯间的台阶时，身后传来小玉的惊呼和沉闷的碰撞声。

金鸣没有回头，直接进了电梯。

孙长秋和丈夫离婚了。

从小金中专毕业后成了“家里蹲”开始，夫妻俩就时常为了孩子的问题吵架——丈夫用衣架抽儿子，逼儿子“滚出去找事儿干”；妻子尖叫着拦住他，将宝贝儿子紧紧护在身后。

作家楚先生刚搬到706室的时候，小金和小玉两个年轻人都二十岁了。他在电梯里偶尔能看见被母亲强行拉出家门的小金，偶尔也能看到有个坐着轮椅进电梯的姑娘。

姑娘一个人转着轮椅进来，楚先生想帮她，被她婉拒了。

那年小玉从台阶上摔下去，伤到了脊柱。

她被其他居民发现昏迷在楼梯间，跟着被送去了医院。醒过来后，她的下肢没有了知觉。

小玉的排球生涯结束了，家里从此得留一个大人照顾她。紧接着，棉花厂倒闭，小玉的父母都得另找出路。

夫妇俩盘了个小裁缝铺。小玉的父亲是这样想的，裁缝用手就能干活，缝纫机也可以改装成手控的，女儿以后不至于饿死。

小金在孙长秋的示意下和小玉没了来往。再有人说起他们这对“金童玉女”时，孙长秋总是摆摆手：“那种事都是小时候说着玩玩的呀，哪能当真。”

有天楚先生买菜回家，小玉正在想办法通过无障碍通道。斜坡上被人丢了个大纸箱，把轮椅的路堵住了。

楚先生替小玉搬开纸箱：“我来帮你吧。”

小玉警惕地往旁边缩了缩。

楚先生说：“我住 706 室，是老纪的朋友，老纪你知道吧，就是那个退休警察，我不是坏人。”

“我周末还去当志愿者呢，有残联组织的文体活动你有没有兴趣呀？有的话我把活动信息发给你……”

一路絮絮叨叨，楚先生送她到了 811 室。

楚先生再遇到小玉是在附近的超市。那是家进口超市，他来买三文鱼刺身，小玉是来看蛋糕的，小玉的爸爸要过生日。

楚先生有会员卡，替她买了那个鲜奶蛋糕，还帮忙把蛋糕捧回 811 室。小玉的父母刚好都在，觉得过意不去，留他在楼上吃了顿生日饭。

楚先生说：“我再去叫份烤鱼吧？对了再叫个烤肉拼盘……”

小玉的爸妈连忙把人劝住：“不用不用，真吃不掉的！”

餐桌边，大家也渐渐聊开了。这个家庭似乎没有那种理所当然的阴郁，楚先生在这里待得很舒服，小玉和他熟悉得很快，甚至还问他追不追动漫。

小玉的母亲拦住她："你开玩笑呢？人家作家老师都三十好几了，还和你一样看那种小孩子的东西。"

楚先生赶忙道："啊，我看的我看的！"

看见小玉父母的眼神，楚先生安静了。但小玉挺高兴的："我就说吧！我觉得他是老'二次元'……"

楚先生说："别骂了别骂了……"

楚先生喜欢90年代的那一批作品，用他的话来说，那是他喜欢的黄金时代。

结果小玉喜欢的作品还要更冷门。两个人进入了互相给对方推荐作品的阶段，还约了一起去逛漫展。

小玉的朋友不少。她的工作是裁缝，专门给人或者BJD娃娃（球形关节人偶）做cosplay（动漫角色扮演）的服装，因为手艺好，小玉在圈子里小有名气。

邻居老纪经常看见楚先生楼上楼下跑，笑得像朵花。

楚先生问："老纪，楼上的小玉有男朋友吗？"

老纪弯腰，用吸尘器吸门口的烟灰："干啥？想追？"

楚先生试探着说："年纪差得多了点哦？"

老纪算了算，是差得有点儿多："你别被人家家里当成老流氓了。"

楚先生低着头回了隔壁，闷了老半天。

这是楚先生刚搬来爱呀河的第二年，他三十几岁，小玉才二十几岁。

楚先生给小玉发了消息，把该说的都说了："你要是觉得以后尴尬，我下个月就搬走。”

小玉没回。其实小玉也在和父母聊这个。她坐轮椅要坐一辈子，这种事不是凭一时脑热就能决定的。

父母顾虑的地方很多，楚先生年纪比她大十几岁，是外地人，还没见过对方父母，不知道他想不想要孩子……

一家人聊到深夜，母亲去厨房切水果，也许还在里面独自哭了。父亲到阳台上抽了支烟，坐回女儿身边。

父亲说：“其实爸爸挺希望你嫁给一个作家的。”

父亲说：“这样，他可以把你写得很好，你想做的事情，他都可以替你写出来。”

那天晚上小玉做了个梦，她梦见楚先生伏案写作，写她飞了起来，她就真的能飞起来；写她参加排球比赛，她就真的能重新去打排球。

小玉坐起身，靠着垫子发呆了很久，最后给楚先生回了消息。

小玉回：“周末一起去漫展吧。我想出那个角色，去游场拍照。”

“我很早就想这么试试了，在轮椅后面绑个摄像头，一路把展会录过去。”

周末，孙长秋又拖拽着儿子往外走，让他陪自己去菜市场。他已经不是她拖得动的体形了，母子俩在门口拉扯许久，儿子终于不耐烦了，一把将她推出门，然后重重关上门。

被儿子推出去后，孙长秋一时反应不过来，在门口呆坐了一会儿。过了一会儿，她像没事人一样站起来，独自往电梯口走。

爱呀河小区旁的公园里有相亲角，每天买菜回去，孙长秋都会去那儿举牌子。牌子上写着儿子的名字、生辰八字、身高、性格和爱好。

前两年还会有人来问，但随着时间过去，知道这对母子情况的人越来越多，孙长秋的牌子逐渐就无人问津了。

孙长秋有时候去找老同事诉苦："我弄不懂现在女方到底要什么条件，我孩子到底哪儿不好了？他没犯过罪，也没什么病，放在以前，这个身板都是人家抢着要的。"

孙长秋说："他有老婆就会出去工作了，男人都是这样的，没结婚前嘛就是玩，结了婚就会长大了，有责任心了，这种事有啥好急的，结了婚什么都会好的。"

孙长秋让朋友向居委会打听，看看居委会那里有没有资源。她千叮咛万嘱咐："要本地的女孩，不要外地的，别去找那种为了房子来的。"

这才算把事都办完了，她拎着牌子回了家。在电梯里，她看见了楚先生和小玉，两个人都穿着奇装异服，笑得很开心。

小玉看见她，眼神转开了，但也没说什么。孙长秋忽然和他们搭话："你们怎么穿成这样？"

楚先生说："我们去漫展了。"

孙长秋问："你是……七楼那个作家老师吧？哎呀都这么大年纪了还去看那个？"

楚先生听多了也没觉得啥，憨憨地笑了。到了八楼，他推着小玉回了家，被小玉家的人迎了进去。孙长秋在旁边看，一直握着钥匙的手悬在半空。

那一阵子，孙长秋开始重新往隔壁跑。

她起初带着点水果，后来想拉上儿子，但金鸣依旧不愿出家门。

孙长秋说："他害羞呢，还是喜欢小玉的。"

孙长秋跟小玉的父母打听楚先生："他是哪里人？几岁了？这么大年纪？还没去他老家看过？你们也敢嫁？"

孙长秋说："哎，穷作家穷作家，谁知道这个作家能赚多少啊？小玉过去谁照顾啊？"

孙长秋低下头剥橘子："要我说还不如亲上加亲，就我们两家凑一凑，两家的大人互相照顾孩子，多好。"

孙长秋不是没打听过小玉的情况，比如给那群"看卡通的"做衣服能赚多少，比如下肢瘫痪还能不能生孩子。

她想，小玉就是不能做家务照顾金鸣，但自己可以做啊，那不还是金童玉女吗？

但金童玉女之间，多了个姓楚的。

社区组织残疾人活动，楚先生看见合适的就带小玉去。现在有专门的运动轮椅，小玉得以重新练排球。

两人训练后一起回去，孙长秋就等在楼道口。她笑着从楚先生手里接过轮椅，说有话要和小玉说。

她把小玉带到一边："小玉啊，阿姨是看着你长大的，阿姨跟你说实话，这个人有问题的。"

小玉说："阿姨你别说了。"

孙长秋说："阿姨打听过了，哎，你们家真的能放心啊？你知不知道打听下来啥情况？这个人家里以前有个杀人犯，很有名的，你去网上查查，就是这个小区……”

小玉觉得头疼：“阿姨，你真的别说了……这跟他有什么关系……”

孙长秋推着轮椅，带小玉回了八楼，她去小玉家里，把她打听到的那些事全和小玉父母说了。年轻人对这种事并不在意，但上一辈显然觉得忌讳。

孙长秋劝道：“不能嫁，真的不能嫁，多吓人啊，当年那么多新闻！家里出过一个杀人犯，谁知道会不会出第二个？”

楚先生家确实出过杀人犯，但跟他关系挺远的，当年家人为了撇清干系，还把孩子的名字都改了。

楚先生又去和小玉父母谈了一次，他看得出，这件事对上一辈人的震撼很大。小玉完全不在意，她坐在旁边缝着衣服花边：“大不了我和你回老家，反正服装在哪儿做都一样。”

两边谈了很久。楚先生的意思是，这两天可以带他们回自己老家看看。

楚先生的父母都不在了，老家就剩下几间空屋，没啥能见的亲戚。

就连那个杀人犯远房亲戚，骨灰也是楚先生去领的。这事又把小玉家人吓得不轻，但楚先生保证那人的骨灰坛不在自己家。

反正就是去老家看个放心。

楚先生要带小玉一家回老家的事，孙长秋很快就知道了，在她看来，这是个很危险的信号。

孙长秋烦到没心思做晚饭，她怕那两人要是成了，金鸣就没人配了。她浑浑噩噩了几天，耳朵里有个声音说，那个姓楚的会遭天谴。

家里以前出过杀人犯，还拆散老天注定的姻缘，这种人一定要遭天谴。

孙长秋没办法了，她决定好好找楚先生说道说道，怎么也要替金鸣保住小玉。

这天楚先生做志愿者帮忙布展，忙到凌晨才回来。他经过楼道口，没注意到孙长秋就跟在他后面。

孙长秋正准备去拉扯楚先生的衣袖时，伴随着一声脆响，一样东西从天而降，砸在她头上。

居然是个塑料便当盒，掉落后，盒子里的饭菜撒了一地。

楚先生回头，关切地问她要不要紧。

孙长秋捂着头推开他，踉跄着跑进楼里。

她回到家，觉得头晕目眩，就静静躺了下来。

孙长秋睡下了，就再也没有醒来。

这天夜里，小区里发生了两件事。

一是孙长秋死了。但金鸣根本不知道怎么处理，就让她继续躺在卧室的床上。

二是小玉失踪了。

人们起初怀疑，是不是因为父母反对恋情导致小玉离家出走。但很快，她的尸体和轮椅在楼梯间被发现。

几天后，金鸣被带走了。

小玉的轮椅上绑着一个摄像头，是用来拍漫展视频的，她和金鸣争执时，摄像头被开启了。

那天晚上，孙长秋出去找楚先生，想劝楚先生不要拆散老天注定的姻缘；小玉做了一盒便当给楚先生当宵夜，准备坐电梯送去楼下；金鸣没在家里找到晚饭，只能骂着出门。

金鸣路过小玉的轮椅，看见她手里的红色饭盒。他问那是什么，小玉冷冷瞥了眼，没答话。

这个几乎不出家门的人，一瞬间就陷入了暴怒。他想从她手里抢走饭盒，在争执中，小玉的轮椅不断往楼梯的方向被拖动。

小玉滚下楼梯，没动静了。

金鸣呆了很久，等他回过神，已经回到了家，那个红饭盒被他抓在手里。

做笔录的人问："那个饭盒你最后怎么处理了？"

金鸣打开窗，把饭盒从窗口抛了下去。饭盒似乎砸中了什么，可就像他眼里的小玉一样，并不重要。

CHAPTER · 05

云 三

云三

CHAPTER · 05

爱呀河小区有个老人过世了。

老人是303室的华明予，他和孙女住一起，孙女是他领养的，他终身未婚。

华先生过世时已经是九十多岁的高寿了，算是喜寿，所以家人的情绪很平和。但老人弥留之际一直呢喃着“城南铁路”四个字，又叫人觉得他心有牵挂。

华老这一生吃过许多苦。他出生时正逢乱世，自己和叔叔两家人挤在一处小破屋里。在他最初的印象里，黑铁锅里永远只有几片菜叶子和草叶子漂着。

华明予刚懂事时，母亲就去世了。

父亲拿着农具，准备挖坑把人下葬，因为饿了几天没力气，就去找后屋里的叔叔。父亲走到地上的席子边推了推叔叔，发现他没了反应。

华明予一起来帮忙，要埋的人从一个变成了两个。

叔叔和叔母有两个孩子，因为缺少奶水和米浆，第一个孩子没有活下来。

等有了第二个孩子时，叔母想让他活，她尽自己所能，可孩子还是越喂越瘦，不知是什么病，突然一口气没了。

叔母抱着他一直号，号哭了三天，然后也跟着去了。

后来兵荒马乱，炮弹下雨般从四面八方落下来。华明予还有一弟一妹，但孩子们都还不太会走路，父亲和他一人背一个，跟着人潮逃难。最后只有他和弟弟活了下来。

之后一路逃难，逃到了Z市，华明予路上还捡到几个被人丢弃的孩子，有的养活了，带着一起走；有的养不活，也就留在那儿了。到Z市的时候，这个少年人身边大概有五个孩子。

华明予先是拾荒，偶尔也偷窃，后来给人当学徒，当用人，做工人，硬是在贫民窟里把这些孩子拉扯大了。这些孩子都跟他姓了华，在他的照料下，弟弟妹妹们慢慢开枝散叶，成了一大家子。

华家是华明予捡回来的家，所以华家人都极为尊重他。

这件离奇的事情出在殡仪馆里，他们给华明予做遗容整理的时候。

华明予在卧室的睡梦中平静去世，生前也没有动过手术。他的遗体被送到整理室，只等修饰完就会被推入告别室。

遗容整理师突然匆匆地从里面出来，拉着外面的经理去角落里说话。过了一会儿，两人出来了，希望和家属再做一次基本信息核实。

家人被告知，躺在整理室里的遗体是一名女性。

华先生的孙女找到了住在706室的作家楚先生。

一阵风波后，家里人都接受了这个离奇的现实。一切事情开始按部就班。华先生的东西留给了这位孙女，她清理掉一些无关紧要的旧东西，换了些新家具，不过对于老人留下的几箱子书却有些为难。

这些书不值钱，可是很占地方，而且又带着点念想，丢掉也舍不得。

华女士就问楚先生，对这几箱书有没有兴趣。

楚先生拉上邻居老纪去帮自己搬书，说来惭愧，一个正值壮年的胖子作家，能搬动的东西居然还没一个老头子多。

来回跑了几趟电梯后，他蹲在地上直喘气；老纪却面不改色，就是呼吸时带着点声音。

他们在家门口蹲了会儿，老纪说，又送走一个。

这栋楼里的房子很多都是老人住着。偶尔，老纪会有一种拿号排队的错觉，这些老人就是拿着生命倒计时的号码牌，然后一个一个消失。

老纪说："我要是死了，东西也都别留了，省得搬来搬去。"

楚先生问："那坛骨灰呢？"

老纪低头抽烟："有本事你就冲马桶啊。"

两人把箱子一个个搬进706室，准备放最后一个的时候，箱子底破了，里面的东西撒了一地。

有书，有笔记本，有杂物，还有很多信件。

不是那种装在信封里的信，而是用很薄的花纸叠成外壳，里面粘着信纸。楚先生有点儿激动：“这是以前的‘笺’。”

信笺有许多封，都保存得很好，箱子里塞了防虫的药袋，所以它们只是微微发黄发脆而已。

给华明予写信的人是一个叫“云三”的女子。

楚先生和老纪开始整理那些信笺。云三的字迹很娟秀，信纸上甚至带着穿越了几十年仍旧留存的暗香。她在派人送信前，一定曾将自己的香粉细细地扑在信纸上。

三小姐在女子学校上课，母亲派了位年轻沉默的长工阿华接送她。这个长工是逃难来的Z市，他拖带了许多弟弟妹妹，所以是个靠得住的人。

三小姐坐在人力车上回身看，学生旗袍随着她的动作宛如云朵般盘绕起来。华长工跟在人力车后面跑，跑得很吃力。

她轻轻笑：“阿华，我让他拉慢点呀？”

华明予摇摇头。

云三说：“那你跑不动呀。”

华明予坚持：“我跑得动。”

每天这样跑，华明予的布鞋破了。有天因为鞋底撕开，他整个人摔在了地上。云三小姐让人力车夫等一等，等他缓过来。

云三说：“你要不要坐我边上，一起坐回去？”

阿华推托了很久，最后被一只雪白纤细的手拽住肩膀，逼他上了车。三小姐给车夫加了钱，往旁边腾了点地方。华明予贴着角落坐，头死死低着。

路边有云三的同学，她们看她和长工坐一辆车，都指着车笑。云三啐她们：“你们发什么癫？他摔了呀，等他跟车后面走到家，天都要黑啦！”

云三沿途和认识的人说说笑笑，身边阿华突然说：“小姐，我要下车。”

云三不解：“你干吗啊？”

阿华挣扎着一定要下车。黄昏下，他坐过的坐垫角落有一点暗色。云三的心很细，她皱着眉头打量，突然意识到那是什么，轻呼出声。

华明予在一户姓云的大户人家里当帮佣，后来有纺织厂招人，她就离开了云家。

云三就是从那时开始写信送往华明予的住处。

信里细细碎碎地问了许多，问她好不好，问弟弟妹妹好不好，家里是不是有短缺。

华女士说：“她有张照片，压在桌子玻璃下面。”

那是一张老照片，周围都是褐色的斑点。照片上，正值青春的华明予穿着男装长褂，旁边站着一个女子。

这是一张几乎看不清人物容貌的老照片，女子的脸是模糊的，她的五官被照片上大片的痕迹侵蚀了。华女士小时候以为这是华先生的哪个妹妹出嫁时让哥哥陪拍的。

照片翻过来，是已经晕开的钢笔字——XXXX 年 X 月 X 日，摄于Z市曼云照相馆，三小姐。

三小姐时不时就去找阿华，问了她的身世，也问了隐情。云三是个善女，听见逃难的事，当场哭湿了一张帕子。

女人在乱世时是活得很艰难的。阿华为了能多赚点钱抚养弟弟妹妹，就剪掉了头发，女扮男装。

三小姐坐在台阶上号啕大哭，哭掉了第二张帕子。

云三在下课路上会拉着阿华去各种地方，比如那些想去可家里却不许去的酒馆啦、赌馆啦……阿华在贫民窟里住着，对这些地方早已见怪不怪。

有天放课，云三神秘兮兮地拉着阿华去了一家成衣店，想给阿华做条旗袍。阿华不好意思穿裙子，于是最后没做旗袍，改做了男装。

两人在一起的时间越来越久。后来云三做了件事，放学后让华明予陪她去理发店剪短发。

云三说："你能剪，我怎么就不能剪了？"

云三说："我要同你一样的。"

华女士的亲生父母来了爱呀河小区几次。

这些年，这对夫妇和华先生这边也有来往。其实送养的缘由很简单——计划生育时想再生一个孩子，于是他们就把第一胎的女儿送养了。

那时候送养孩子更像是单纯地逃避处罚，父母与孩子能偶尔见个面，逢年过节时还会互相串门。华女士的户口登记在华先生名下，原户主去世了，她自动继承了这套房子。

亲生父母现在找过来是为了孙子的学籍。

夫妇俩那时候躲去山村里生了一个儿子。孙子今年要上小学了，但原来的户籍没什么对口的好学校。

所以父母的意思是，把孙子——也就是华女士血缘意义上的侄子的户口，迁到华女士名下的爱呀河小区 303 室。

华女士告诉他们，华家有个孩子打算明年迁过来，这个学籍已经事前说定了。

两边不欢而散。

楚先生有天出门看见了华女士，她脸上带着伤。大约是两边没谈拢。

楚先生一直在整理修复那些信笺，把华先生过去的故事给她看。他想告诉华女士，自己也许从信笺里找到了关于城南铁路的故事。

阿华从云家离开了，找了份工厂的活。

从第二个月开始，云三给她写信。华明予不识字，带去给一个老秀才看。老秀才说，这姑娘问你的伤好了没。

因为带云三去剪发，云家的人将华明予拖到后院，她被打得只剩一口气，然后被丢出了门。云三托人送了钱出去，让人带她去找大夫。

两人只能偷偷地见面，在歌舞厅后门见面，在河边柳树下见面……但云三更喜欢约在城南铁路站。她说，要是被人发现了，自己就和华明予一起跳上火车走。

华明予知道，这话只是说说而已。云三这样养尊处优的金枝玉叶，不可能随自己去过苦日子的。

华明予住在东边的贫民窟，云三住在西城的大宅里。两人见面时，华明予站在月台这头，看她从另一头出现。没火车经过时，两人就站铁路边上，挨近聊一会儿，等火车来了，双方就各奔东西。

云三的婚事定了，但她不想嫁。男方是某地的司令官，知道她在女校读书，并不是非常满意。鉴于男方的态度，父母最近在同她谈，想让她退学再议，准备婚事。

楚先生整理了很多封信笺后发现，云三和华明予最后一次相约见面，就是在城南铁路站。

那是云三结婚前，她给华明予去信，求好友带自己走。

城南铁路这个站现在已经没有了，故址在Z市城南，有个很小的铁路纪念堂。

华女士默然听完：“估计是没等到。”

华女士说：“但她肯定在那里等了一晚上。我是她养大的，知道她很犟的。”

华女士是华明予养大的，一样很犟。

华女士的家人来得越来越频繁，华女士就烧了桶开水摆在桌上，谁敢进来就泼谁。她说，其实华家那个小孩也未必就要在这个学区读书，但自己就是不服气。

华女士说：“我亲生爸妈有段时间常来——就是刚送养我、准备再生一个的时候。结果他们一直怀不上，担心弄不出第二个，于是常来，想从她手里把我带回去。”

华明予不肯把孩子还给这家人。华明予也烧了桶开水放桌上，谁敢进来抢孩子，她就泼谁。这个凶狠的女人一生女扮男装，从炮火和饥荒里保全了一个家，她什么都不怕。

刚刚好那时候，生母总算怀上了。此后，亲生父母几乎再也没来过。直到华明予去世，华女士继承了这套房。

争学区房的事僵持了一年半，那家人甚至为此把孙子的入学时间延后了。但碍于那桶开水，这件事一直拖了下去，又足足拖了一年，直到华家的孩子迁进来，顺利办了入学，另一边才罢休。

因为从一个泥沼里摆脱出来，华女士决定去旅行一段时间。她决定去Z市，顺便去城南铁路的纪念堂看看。楚先生硬是拉着老纪参与了这趟旅行，他也想去看看，还有就是强迫老纪出去呼吸新鲜空气。

纪念堂很小，就一间房间，里面摆着几个蒙灰的模型，几幅介绍板，还有一些老报纸上关于铁路站的报道。

其中有一篇报道，是关于铁路事故的。

云三和她约好，六月初三在城南铁路站见面。这一天，云三的父亲去查看生意，母亲去庙里还愿，她有足够的时间去收拾东西，然后和好友去Y省。

她们准备坐货运火车走，云三有个同学的老家在Y省，同学愿意接应她。

华明予从八点开始等。等到天彻底黑了，几班货车经过面前，却都没有见到云三的身影。

她们在上周还去照相馆拍了照。云三想留一张穿婚纱的照片，她决定逃婚，可又舍不得姐姐们亲手替自己做的西式婚纱。

华明予想，也许她真的太舍不得那件婚纱了，她不会来了。

华明予已经先一步把弟弟妹妹们都送走了，等于没了退路。无论如何她都要去Y省，和弟弟妹妹们团聚。

云三没有来。

华明予背起地上的行李。下一班货车就要来了，东方既白，这会是今夜的最后一班车。

忽然，她听见了脚步声。

华明予抬起头，看见月台另一侧跑近的身影。云三穿着素布的藏青旗袍和布鞋，朝自己跑来。在她的身后，云家的人紧追不舍。

她穿过月台去接云三。火车头的白光穿透破晓的黑暗，沿着铁路靠近。今夜最后一班货运火车抵达了，华明予带着她扒火车，云三的手腕细小白皙，这双从来没吃过苦的手，此时紧紧地抓住火车外壁粗糙生锈的铁杆，如同抓住云三的命运。

她满是汗水的脸抬起，望着华明予，像是想说些什么。

只是一切都没来得及说出口。

云三的身影消失了。追捕者在最后一刻抓住了她的后襟，将她拖下火车。但他们没有留住她。

云三纤细的身体里爆发出骇人的凄厉号叫，她把紧紧缠绕在手上的包甩向车轮，布包被搅进车轮与铁轨之间……

云三也被吞没于车轮与铁轨之间。

华明予等到了云三。可对于这世上的很多因缘来说，就算竭尽全力，也只能等待而已。

华明予至死不曾再提过云三。

CHAPTER · 06

多子

多子

CHAPTER·06

爱呀河小区里，505 室又传来了叫骂声。

505 室住着乔老太，老太太年纪很大了，平时由女儿李芬芳照顾。

如今，李芬芳是出了名的泼辣刁蛮。她小时候住在爱呀河小区时，似乎是个沉默而听话的姑娘，会帮妈妈提菜篮子，会帮妈妈择菜，还会跟着一起做家务做饭，甚至很小的时候就能一个人抱着洗衣盆，在窗外架着竹竿，一件一件地将衣服晾到晒台上去。

后来她嫁了人，就不怎么回来了，只有年夜饭会带着孩子来吃一次。

直到去年乔老太心脏开刀，需要人日夜照顾，李芬芳才从自己家搬了回来。

李芬芳的骂声几乎每天都会炸开一次，响彻五楼。

她起初在屋子里骂，然后索性像个泼妇一样站门口骂，她叉着腰，手指指着坐在轮椅上的老母亲："你少吃一口会怎样？那个东西说了不能吃，你是听不懂吗？你知道多看一个病要多搭多少钱？你自己卡里还有什么钱？"

乔老太年迈体弱，只能坐在轮椅上，无声地低着头。

有老邻居看不下去，在某次李芬芳咆哮时冲出屋门维护乔老太太："你这是什么女儿？有你这么天天和妈妈说话的？多大年纪的人了，每天给人看笑话！"

李芬芳回他："要你管？你算她什么人？你给她端屎端尿？！"

李芬芳摔了手里的东西扬长而去："好，我不管了，统统你来管！"

其实有段时间，李芬芳时常带着女儿去看乔老太，让外孙女见见外婆。

那年全国都沉浸在举办奥运会的欢呼声中，如火般的热潮似乎可以让所有往事都冰雪消融。出嫁后，每年只回去四五次的李芬芳那年中几乎每个月都带女儿回爱呀河小区看望父母，一家人看起来其乐融融。

后来他们因为带孩子的事大吵一架，双方的关系又被打回原形，每年极少再有往来。

李芬芳有次把孩子放在外公外婆家，自己和朋友出去吃饭。她离开前嘱咐母亲，说女儿很乖，让她少玩和少看电视，好好做作业就行。

乔老太满口答应。但是等李芬芳回去时，却看见女儿在厨房帮外婆洗碗。

因此，李芬芳和父母吵了一场惊天动地的架，随后她带着女儿离开。直到父亲病重去世前，两边都没怎么见过。

李芬芳在亲友间是出了名的对女儿很严，所以女儿喜欢往外婆那儿跑，因为外婆不会逼她补课读书练长笛——可越是这样，李芬芳和母亲之间的矛盾就越深。

上次吵完架，李芬芳就雇了个保姆暂时照顾妈妈。保姆和老太太坐沙发上聊天："你闺女挺凶啊。"

乔老太诺诺点头。

保姆说："人人都说女儿就是小棉袄，怎么会这样呢？"

乔老太说："所以还是儿子好。"

乔老太说："我还有一个小儿子。"

乔老太不止有一个女儿，其实还有个儿子，只是儿子在外地上班。

保姆愣了一下："好啊，儿女双全啊。你儿子呢？我怎么从没见过他。"

乔老太说："儿子在外地忙工作，不打扰他。这房子是留给他结婚的。"

保姆问："那你呢？"

乔老太之前暗示过李芬芳，她想搬去女儿那儿住，可又被她痛骂了一顿。李芬芳的眼睛像赤鬼一样竖起来："你没地方住？这不是你的房子？！你住我那儿去干啥？我的房子是我和我男人一起买的，有你的事？！"

李芬芳说："我知道你的心思，你就是想把这套房留给他结婚。你以为他有房就能结婚了？他几岁了？他还想找个啥？"

爱呀河小区里的人逐渐都不敢惹李芬芳，纷纷绕着505室走。

李芬芳的女儿大学毕业了，找了份还不错的工作。周末女儿想来看看外婆，李芬芳让她不用来。

女儿和李芬芳是两种性子，她性格温柔腼腆，周末还是带着茶叶上门了。李芬芳抱怨："你才拿多少工资，就买这买那？家里不用你小孩子花钱。"

女儿撒娇："给外婆买的嘛。"

李芬芳冷笑："说得好像她给你花过钱一样。"

李芬芳说完又觉得不太好，她不想伤害女儿。于是她把茶叶拿去泡了，让女儿削点苹果，陪外婆看电视。

李芬芳对女儿管教得很严，在她看来，女儿只用做好读书这一件事。

在读书这件事上，李芬芳对父母有很大的埋怨。这种哀怨在她之后的人生里持续发酵，逐渐变成了恨。

她那年考上了药剂学院，但是父母商量了一下，打算让她直接去工作。弟弟明年考试，家里只能供一个人读书。

李芬芳去当了女工，然后去做了售货员。趁着物价调整，她调岗到了大卖场，成了理货员。这是个不广为人知的职业，但暗藏了许多的门道，凭着聪明的生意头脑，李芬芳赚了不少钱。

刚赚钱那会儿，或许是炫耀，或许是为了得到父母的认可，她把工资都存在父母那儿。但当她准备结婚，去讨要那笔钱时，父母却说“给弟弟拿去做生意了”。

李芬芳的弟弟，基本从未出现过。

乔老太说：“儿子在外地工作。”

乔老太和儿子只有定期通话，每次通话的时间都很短。儿子说在外地做建材生意，要过几年完成一个项目再回去。

乔老太问他：“你缺什么？衣服别少穿，饭要吃热的……”

乔老太看了眼在厨房做饭的女儿，对着听筒压低了声音：“你哪天回来，支开你姐姐，妈带你去改户主？”

乔老太对于这套流程很熟悉。起初，她会直接让女儿拿小的苹果，说弟弟要吃更大的苹果才能吃饱。后来她发现这会导致姐弟之间的关系变得不好，她就学会了支开女儿，再从柜子里拿出给儿子准备的蒸糕。

她知道这对不起女儿，但也觉得自己做得没错。因为每个母亲，至少在她的认知里，都是这样的。儿子能继承一个姓氏，儿子有力气干活，遇到事情能站出来扛起一个家，如果家里没有男人，很多事情都会变得艰难。

换句话说，只要把儿子养好了，他有了出息后，家里其他人也能得到好处。

乔老太一直在想这个，想象有一天，儿子成了达官显贵衣锦还乡，他会带回来一个大肚子的媳妇，把老房子装修得体体面面，还给姐姐买了台新车——到那时，李芬芳的一切哀怨都会烟消云散。

老太太也在做女儿的思想工作：“你弟弟其实很好的，他很有良心。”

“他小的时候，大人问他，以后赚了钱给谁花，他说自己留一点，另外的一点给爸爸妈妈，还有一点给姐姐。”

李芬芳说：“就这一件事你说了多少年了？他赚过钱？”

乔老太说：“赚过的，有一年他带回来一袋苹果。我从没吃过那么甜的苹果……”

李芬芳的怒火又涌了起来：“他去医院给你付过手术费？晚上通宵通宵地陪床？他给你擦地板还是做饭了？给你换过尿布了？！”

乔老太诺诺道：“他有工作，是家里以后的顶梁柱，你是姐姐，你也是我女儿，你多少替他想一想……”

“以前带他去算命，算命的说他是大器晚成。很多男孩都是这样的，你要信你弟弟能成……”

李芬芳夺门而出，不想再听她说。在门口的时候，她撞到了一个女人——女人比自己年长几岁，手里提着一盒火腿，正打算敲门。

女人叫张梅，从血缘上讲，她是李芬芳的姐姐。

张梅小时候就被送养了——父母当年以为第二胎会是儿子，结果又有了李芬芳这个女儿，家里养不起，于是大女儿李晓梅就被送给了一个早饭摊的老板娘，改名张梅。

张梅偶尔会来看看，帮妹妹做点事。她是个沉默随和的人，做得一手好菜。

张梅和她聊起这套房：“她是准备留给小军的，对吧。”

小军就是她们的弟弟。

李芬芳说：“我是想争一下的，我凭什么不能为我女儿争一争？”

张梅说：“要是她过世，这套房的户口里就剩你和小军了，所以主要看她有没有遗嘱。”

李芬芳看了眼躺在轮椅上睡着的母亲：“小军在里面还有一阵子。”

因为诈骗和赌博，李小军已经被警方收监了，姐弟三人合起伙来骗母亲，说他是去外地工作了。

李小军的刑期还有一年多，如果提前出来，那么明年冬天他就可以被释放。

然而，明年这个时候到了，李芬芳家里出了件事——是喜事，女儿打算和男友订婚了。像这座城市的很多年轻人一样，父母拿出一辈子积蓄给他们做首付，小两口再慢慢用工资还贷。

李芬芳忽然想，自己为什么不能去争一下那套房？如果争到了，女儿和女婿就不必那么辛苦。

自己的户口在爱呀河小区的505室，自己尽到了绝大部分的赡养义务。她决定拿这一条去与母亲谈判，距离弟弟出狱还有一个月，如果她拒绝过户，李芬芳就一个月不管她。

李芬芳对母亲开门见山地表达了要求。就像两个西洋剑士对峙过招，对方锋芒毕露，母亲也毫不留情：“房子是要给你弟弟的，他没房子没法结婚。”

但母亲还有后招：“除了房子，其他东西都是你的，金首饰、存款，都算我留给外孙女的。”

李芬芳说：“那些值多少？赡养义务是我尽到的，你的意思是让我闺女自己去拼，你把什么都留给你儿子了？”

乔老太说："她不是要有老公了吗？她男人是不中用了吗？"

乔老太又说："你不管我，社区也会管我，养老办也会管我，房子肯定是你弟弟的，没人求你管过我，你想都不要想。"

李芬芳回到家，和女儿一起坐在沙发上看综艺节目。母女一起剥橘子吃，吃着吃着，李芬芳忽然落了眼泪。

李芬芳哭着说，自己是个很没用的妈妈。

她正哭得女儿和丈夫六神无主，家里电话响了——来电者是爱呀河小区所在的居委会，一些工作人员找李芬芳，说刚才乔老太心脏不舒服，老太太让联系这个号码。

李芬芳拿着电话，带着哭腔说："她不是还有个儿子吗？让她找她儿子去！"

工作人员很为难："可她儿子的电话打不通啊。"

李芬芳怒道："谁爱管谁管！打不通电话你找电信去！"

工作人员劝她："老人年纪大了，你们做儿女的……"

李芬芳笑了："这番话你怎么不对她儿子说？"

工作人员说："我说了，李小军的电话……"

李芬芳说："好，我家电话也坏了，也打不通了。"

她挂上电话，拔掉了电源线，关了手机。

但是晚上，她又翻来覆去地睡不着，最后还是把手机打开了。

凌晨一点，李芬芳坐在医院病床边，疲惫地看着正在输液的母亲。

这次李芬芳把母亲照顾到出院之后，乔老太的态度开始有了变化。

她主动问起外孙女的未婚夫，比如那个男孩能不能赚钱，需不需要家里帮一把。在李芬芳的记忆中，母亲很少这样过问她和她的女儿。

乔老太说："想想也是不容易。"

"我们那年头，也没想过房子会这么值钱。"

李芬芳在门口抽烟，忽然把烟一掐，蹲在轮椅边："我告诉你，我现在就是冲着这套房子在伺候你。"

李芬芳说："妈，我替我闺女求求你了。我想让小孩们过得轻松些，她每天下班都十一点了，周末都在加班，你也是妈妈啊，你不心疼的吗？我心里跟刀割一样。"

"女儿也是人啊，女儿怎么就不是人了呢？"

乔老太斥责她："别瞎说，我什么时候不拿你当人了？"

李芬芳问她："那我的生日是几号？"

乔老太转开眼，不说话了。

李小军出狱前，消息走漏了。

社区居委会的人提前接到刑满释放人员的消息，他们来到505室，准备给乔老太预先说一声。结果好心办了坏事，老太太听得傻眼了，她以为是同名同姓的另一个李小军。

后来她才知道那确实是自己的儿子，只是姐弟几个瞒了自己。

乔老太对女儿发了很大的火："你男人不是警察吗？你怎么不让你男人帮帮他？"

张梅也在，只能劝架："就是怕你接受不了……"

乔老太说："我都这把年纪了还有什么事情接受不了？那以后小军怎么办？我还是要给他留点东西的啊！"

乔老太指着两个女儿："你们说他能去哪儿？他只能住我这儿，你们两个姐姐要让他去街上讨饭？"

乔老太说："数落起我以前的事，说我'不拿你们当人'，那你们呢？你们拿你们的弟弟当人了？"

李小军出狱那天，两个姐姐带着母亲去接他。

他在里面瘦了许多，变得更加沉默寡言。乔老太和儿子抱头痛哭，然后众人上了车——她要去公证处立遗嘱。

乔老太的遗嘱是把房子给儿子。李芬芳当场质疑："我也有份，我尽到赡养义务了，他没有。"

乔老太说："你和你男人有房子，你女儿婚房的首付也有了，你们两套房，我和小军两人一套，你还要抢？"

在场所有人的目光都落在李芬芳身上。

她安静许久。直到老人要签字时，她才突然开口："妈，小时候吃苹果，每次他都吃大的，我吃小的，或者没得吃。家里做鱼肉，我刚伸筷子，手就被你打下去了，要让他先吃。还有……"

乔老太说："我看你是疯了。"

李芬芳说："什么？"

乔老太说："家里是饿死你了？是把你饿出病了？这么点事情值得你记那么久？"

李芬芳说："我还为他没去读书……"

乔老太叹气："你读了又怎么样？"

李芬芳说："你不记得以前怎么对我和姐姐了？"

乔老太转向众人："我记得啥？她们俩，两个大活人，健健康康地站在这儿——我们那时候把孩子拉扯大都不容易，我对她们不好她们是怎么活这么大的？"

乔老太说："我不记得了，你问小军记不记得。"

李小军不说话，他挡在母亲和姐姐中间，让母亲签完了那份公证书。

他们从公证处出来，去办房产过户。下楼时，弟弟搀扶母亲往下挪。

李芬芳看着弟弟和母亲的背影发愣，他们已经走到楼下了，她仍然站在楼梯口出神。

大厅里的工作人员帮忙推来轮椅："这都是你的孩子啊？"

老太太点头："我儿子。那边两个是女儿。"

那人笑道："有福气啊，多子多福啊。"

乔老太很多年没有笑得那么欢喜："多什么福啊，就一个儿子。"

CHAPTER · 07

猫头三

猫头三

CHAPTER · 07

爱呀河小区的 305 室，死了一只猫。

305 室住着一个不讨人喜欢的老太婆。

社区工作人员来过很多次，劝金老太太把堆在门口和楼道口的垃圾清走。每隔几个月，就会有本地的小电视台记者过来报道金老太的事，专家不知普及了多少遍“囤积症”的概念，最后给出的建议依旧是“子女多回家看看”。

垃圾越囤越多，老房子里弥漫着一股一言难尽的味道，间或还发生过忍无可忍的邻居强行清走楼道垃圾的事情，结果引发了双方的冲突。

金老太叫金玉子，虽然现在更多被叫作“垃圾婆”。没人喜欢这个浑身酸臭的老太婆，楼里的孩子们也讨厌她，他们迷上了放学后去按 305 室的门铃，按了就跑，或者把那堆楼道里的垃圾纸板箱堆在 305 室的房门口。

金玉子在 305 室门口遇到小瑞，是在一个周五。

小学生周五会提早放学，金玉子脑中的雷达告诉她，又有捣蛋鬼在偷她的垃圾。

她冲出门叫骂，然后，就看见一个瘦弱的小姑娘拿着扫帚站在门口；她脸上戴着口罩，但口罩不是常规型号，和她的脸庞大小相比，就像个防毒面具一样保护着她。

因为孩子实在太瘦了，以至于金玉子的话戛然而止。女孩儿就像个小骷髅，仿佛下一秒就会散架。

女孩子的声音从口罩后面闷闷地传来："我有个课外活动……"

这时，她的父母也从旁边的角落跑了出来："不好意思，我们女儿有个学校布置的公益作业，是打扫楼道卫生。您介不介意——"

金玉子不耐烦地挥舞胳膊："走开！"

这时，一个毛茸茸的灰影从门缝里钻出来，好奇地看着外面。小孩激动地蹲了下来："是小猫猫！"

下一秒，两个大人都低叫着冲上来，将孩子和猫拉开。

金玉子养了只猫。

猫养了很多年了，叫康康，是从外面捡回来的，一直跟着她。出门时，康康就乖乖趴在她的肩上或者买菜的拉车里。

那天之后，小瑞时常会在 305 室门口偷偷摸摸地转悠，她很想看看那只猫——虽然父母是不会答应的。小瑞的呼吸道有很严重的先天发育缺陷，她一辈子都和毛茸茸的东西无缘。

国外有专门给呼吸障碍儿童制作的毛绒玩具，价格昂贵。母亲不惜重金买了全套，尽管如此，孩子还是喜欢活的小猫。

她蹲到了金玉子带猫出门，于是凑上去想摸摸猫。金玉子骂她："你干吗？"

但康康很安静地任她抚摸，一点都不抵触。在此之前，它不许金玉子之外的任何人摸自己。

小瑞说："我这周又有公益作业，我能过来打扫卫生吗？"

金玉子本来想一口回绝，但康康在小瑞手底下很享受地翻了个身。

老太太心软了，说："你就在门口随便弄弄吧。"

小瑞一直戴着那个口罩，也闻不出她身上的味道。在学校里，她什么活动都不能参加。

小瑞一家原来生活在另一座城市，为了治疗小瑞的病，他们搬来了医疗水平更高的 A 市。

这座城市也是小瑞母亲的老家。小瑞弄不清上一辈的事情，听妈妈说，这里是什么"爸爸留下的房子"。她听了几遍才弄清楚，这个爸爸指的应该是自己的外公。

小瑞的母亲搬回爱呀河小区的七楼之后，先去挨家挨户打招呼，因为楼里很多住户都是父亲旧日里的老同事。搬家和转学的事弄得大人们焦头烂额，难得没时间天天盯着女儿。

小姑娘下次再去 305 室的时候，发现原本堆在楼道口的垃圾被清掉了一部分。金老太在门口扫地："怕你被纸箱子砸死！"

小瑞跟着扫了两下，便闹着要玩猫。

金玉子把康康抱出来，给她摸摸。小瑞问："它为什么叫康康呀？"

金玉子说："它是我儿子啊，我儿子就叫康康。"

305 室屋里也堆满了旧物和垃圾纸板，只有一张梳妆台是干净的，看着很旧了，泛着旧时光的氤氲痕迹。

梳妆台上摆着几个相框，其中有一张婴儿照。

小瑞好奇地问："那是谁呀？"

金玉子说："这也是康康，也是我的儿子。"

小瑞惊讶："哇，那他在哪儿呀？"

金老太说："他死了，就那么大的时候。"

金老太从前有一个儿子，但是他死了。孩子出生就带着病，金老太花了很多钱去救，拜了很多的庙，孩子还是在三岁不到时就死了。

小瑞想了想："医生也和我爸妈说过，我很快就要死掉的。"

金玉子拧了把她的后颈："别瞎说，快点呸掉！"

小瑞认真道："不是，真的。他们在门外聊，以为我听不见……"

小瑞被金老太骂着推了出来，刚好撞见几个来捣乱的同学，他们拿摇成泡沫的可乐朝 305 室的门上喷。

小瑞尖叫着躲回去，老太婆拿着扫帚冲出来，对着几个孩子一顿乱挥。扫帚的木刺刮伤了一个小女孩的眼角，她发出比小瑞还大声的尖叫，转身冲下了楼。

民警调解了半天，被划伤眼角的孩子的父母才作罢。小瑞的父母战战兢兢地带孩子回了家，嘱咐女儿下次不要再去了。

有邻居听说了这件事，他是小瑞外公的老同事，特别来提醒她的母亲：“梦梦啊，她身体不好不要去三楼呀，那边楼道里都是垃圾堆！”

老人说：“她脑子不太正常，老公孩子都没了，受刺激太大，疯疯癫癫的。”

老人又说：“她不让人管，社区有照顾孤老的志愿者，都被她骂走了。”

母亲问她：“小瑞，你干吗跑去啊？”

小瑞不敢说为了猫，只能说是为了作业。

邻居笑着揉揉小瑞的头：“不就是扫地吗，来我家里扫呀，我家地板天天没人扫。”

“不过啊，那个金老太年轻的时候是棉花厂的名人，被人叫作‘棉花西施’。”

金玉子年轻时很风光，人美歌甜，棉纺生产队有“五朵金棉花”，五个美人，她排第一。

她嫁也嫁得好，爱人是个小学语文老师，写得一手好硬笔字，温文尔雅，还会拉手风琴。工人文化会上，金玉子和丈夫一起弹唱俄文歌的场景一度成为所有年轻工人心中伉俪情深的代表。

后来她的孩子出生了。

孩子刚出生时就很瘦弱，后来他不哭了，仿佛无力哭泣。

他的脸上没了血色，变成青紫的、冰冷的。护士把他抱去给医生看，诊断结果是先天的二尖瓣畸形。这个孩子，从外观上看，就已经“养不活”了。

小瑞正睡着，听见窗户外有动静。

她睡觉时会戴着呼吸辅助机，这种机器运作时会发出嘈杂的嗡嗡声，所以她一直都睡不太好。

窗口，灰猫康康蹲坐在那儿，用爪子一下下挠着窗户。小瑞兴奋地摘掉呼吸机，戴上口罩，打开窗去摸它。就这样玩了一会儿，康康沿着外墙回到三楼。

金玉子捡垃圾回来，捡到个被人遗弃的观音像。她就把木雕擦干净，再用消毒水擦过，等小瑞来的时候，让她朝着神像拜拜。

小瑞说：“老师说了，这是迷信。”

金玉子说：“你老师才几岁？你要拜拜的，菩萨会保佑好人的。”

小瑞装模作样地随便鞠了个躬，金玉子慢慢跪下来磕头。当年康康重病，什么办法都治不好了，她只能抱着孩子去给菩萨磕头。

金玉子告诉小瑞：“现在生活好了，小孩子的病怎么都治得好。你会好的。”

小瑞问：“我会好吗？我不想晚上戴着面罩睡觉了，当时医生也告诉你，你的宝宝能好吗？”

金玉子说：“没有，当年国内没条件动那个手术的，医生就实话实说，说治不好了。”

金玉子还记得在医生办公室听见这句话时的场景。当年的“棉花西施”一夜之间白了头发，像绝望的母狮子，扯住医生的袖子号叫。

她不知道还能做些什么，只能看着他一步一步走向死亡。

最后，她抱着他冲出医院来到庙里，拼了命地给神像磕头。她面无表情地将额头撞在石地上，想就这样撞死，然后一命换一命。

她的前半生都是美丽而无辜的，她脱下工人的工装，换上新裁的演出服，身上的光彩照亮了整个文化宫。后来她和丈夫为了孩子的病，下班后出去捡垃圾补贴家用，还清借债。金玉子的嗓子就此哭哑，小瑞听说她以前还会唱歌，想听她唱，她只能用沙哑残破的声音唱着《喀秋莎》。

在康康三年的人生中，他是慢慢挣扎着虚弱地死去的，死时好像一把干柴，像个小骷髅。

丈夫也跟着经历了这三年，在孩子去世后不久，他死于脑出血，去世时还不到三十岁。

小瑞不知不觉在305室玩睡着了。她是在一个很温暖的怀抱里醒来的，金玉子温柔地抱着她，轻抚她的额发。

金玉子把她送回七楼的家门口，还替她把身上拍干净，免得留下猫毛。

就在这时候，房门开了，小瑞的母亲刘晓梦开的门，她知道女儿回来了。

刘晓梦请金玉子进去坐，这位女主人很过意不去，因为要劳烦客人换鞋，并且往身上喷洒消毒喷雾。

金玉子没在意："都是为了孩子。"

刘晓梦说："小瑞的呼吸系统特别脆弱，要一直戴着那个罩子。"

刘晓梦又问她："她一直去您那儿，是不是很烦人？"

金玉子摇摇头，说孩子很乖。

小瑞在卧室里熟睡着，呼吸机的声音传到客厅。金玉子说起自己的康康："你们把这样的孩子拉扯大，是很不容易的。"

刘晓梦说："我爸妈以前也是这样把我拉扯大的。我小时候身体就不好。"

在那个时代，医疗手段有限，生活质量有限，抚养一个先天不足的孩子是很艰难的。

但刘晓梦的父母坚持要养大她，一个月只有两百多的工资，还得给她买特殊奶粉，一罐五六十，一个月要三罐。

后来刘晓梦生育了，孩子很不健康。有时候抱着小瑞睡觉，她就想，自己是不是不该生孩子，这样的身体也许本就生不出健康的孩子。

刘晓梦谢谢金玉子一直让孩子去玩，但也担心那里的环境："我们很希望她能有喜欢去的地方，但是，作为一个母亲，我知道我的要求很自私，就是 305 那边的……那些闲置物……"

金玉子回去后，破天荒地开始收拾东西。

当年为了给康康治病和补贴家用，她和丈夫下了班就出去拾荒。如今她把垃圾一点点清了出去，房子也呈现出本来的面貌。

喜欢文艺的丈夫选了深色的木地板，紫棕的简洁家具。家里有一个漂亮柜子，用来放妻子漂亮的演出服；有一个小小的红木柜，用来放他的手风琴；还有一台老半导体收音机，很大，跟个箱子似的，旁边放着一卷失声的老磁带，里面录着夫妇合唱的《喀秋莎》。

金玉子边收拾边哭。在他人看来，这只是一个丑陋佝偻的老妇，在滑稽地哭着打扫卫生罢了。

垃圾清了出去，因为东西太多，社区的志愿者得分几天才能帮忙搬完。金玉子帮忙一起搬，志愿者很好心：“老太太，您和我们一起去回收站，这些都是可回收的，可以换些买菜钱。”

她跟着上了搬运车。家里，小瑞和康康正在一起玩。在刘晓梦的要求下，小瑞穿着全套的防护服，像个蓝色的小雪人。

去回收站的路途花了一个半小时，当他们回去时，楼下停着鲜红的消防车。

有几个放学的小孩去305室门口搞恶作剧，不知道谁用打火机点燃了那些尚未被搬走的纸箱。火舌沿着纸箱一路烧进玄关，室内只有康康和小瑞。

小瑞被推上救护车。

刘晓梦崩溃痛哭，她神志混乱地指着围观人群，这个清瘦淡雅的女人此时披头散发如同厉鬼一般：“你们要遭报应！”

刘晓梦的丈夫竭力安抚妻子，跟着救护车前往医院。

金玉子抱着康康，踉跄地跑向最近的宠物医院。

康康已经窒息了，白沫从口中流出来。金玉子跪在挂号处：“你们救救康康，我求你们救救康康……”

康康已经救不活了。

金玉子看着医生对她摇头。她想起捡到康康的那天，那是在某年儿子的忌日里，她祭拜完丈夫与孩子后，发现一只小灰团蜷缩在墓碑的角落。它朝她爬过来，把头靠在她的膝头。

康康也曾这样依偎着他的母亲。

刘晓梦在抢救室外跪着蜷缩在门口。丈夫安慰她："不是你的错，这不是你的错。"

刘晓梦呢喃，她说是自己的错。

"是妈妈错了，妈妈没有用，没有把你生得健健康康的……"

医生拿出病危通知，请家属签字，做好心理准备。刘晓梦如同当年的金玉子一样，哭号着拉住医生。

"你要我怎样都可以，你救救她，你要我一命换一命都可以。"

另一边，金玉子将康康裹在毛巾里，把它抱回了家。

管子已经全部拔掉了，灰猫蜷缩在她怀里，像个孩子一样熟睡。

它还有最后一点气息，尽管只是弥留。

金玉子抱着它，跪在那尊被捡回来的观音像前。像当年一样，金玉子抱着自己的孩子，给神像磕了一个头，又磕了一个头。

金玉子说："康康啊，你要走了，对不对？"

金玉子说："你走吧，你先走吧。但是，你要帮妈妈做件事。"

金玉子轻轻抚摸着它的耳朵："妈妈让你走。你走了，就要一命换一命，你要把那个宝宝给带回来。"

金玉子说："你要让那个宝宝回来，回去她的妈妈那里。"

康康在她怀里走了。

抢救室外，蜷缩在等候椅上的刘晓梦忽然醒了。

她听见了一声猫叫。

小瑞做了一个梦。

她梦见自己在黑暗中行走，见到了康康，康康身边还有个面目模糊的小男孩。

一人一猫走在前面，她就跟着走。走到一个地方，他们忽然消失了，小瑞坠了下去，坠落在一个柔软而温暖的地方。

她睁开眼睛，发现自己在妈妈的怀抱里。

CHAPTER · 08

宜家

宜家

CHAPTER·08

早上的时候，迎亲的婚车开进了爱呀河小区。

1605 室的陈屏娅就要出嫁了。

陈屏娅和母亲石涵在这里住了很多年，她们是单亲家庭——因为丈夫出轨，夫妻双方早已离婚了。

在邻居看来，陈屏娅是被母亲石涵辛苦拉扯大的，尽管只是普通人家，但石涵对这个宝贝女儿极其尽心。而娅娅也没有辜负母亲的厚望：中考、高考、求职一帆风顺。

婚车在拐弯时遇到了困难，它的车尾卡在了墙面拐角上，一大团玫瑰花被蹭了下来。石涵急得破口大骂，没人能破坏她宝贝女儿完美的婚礼。

爱呀河小区外，挖掘机正在施工。出于环保复原的考虑，这条被掩埋多年的河道，正在被重新挖开。

石涵失踪了。

发现这件事的是她的老邻居，她有很多天都打不通石涵的电话了。接着，人们发现，陈屏娅的电话也一直无人接听。

时间倒回到许多年前，这一天，轻纺市场的会计石涵和丈夫陈某大吵了一架——陈某和同一流水线的女工去开了房，有人偷偷告诉了石涵，她带着厂里的人冲过去捉奸，捉了个正着。

石涵的眼眶血红，她让工友把这对男女拖出房间。她拍打着男人，一路打回家："我就是瞎了眼，我全家都瞎了眼。你白眼狼，你是个浑蛋……"

很多人都记得，石涵经常挂在嘴边的一句话就是："我要让我女儿嫁得好，看看他到时候过的什么鬼日子，我们母女俩过的什么好日子。"

婚礼后不久，石涵的电话就已经打不通了。

最令人不安的是，石涵的前夫陈某，在婚礼前几日，被人目击到出现在爱呀河小区附近。

陈某再婚后，在不远处的另一个小区安了家，他自称没有再回去找过母女俩，只是听说女儿要出嫁了，想来看看。

这番说法让男人的嫌疑陡增，虽然他没有其他犯罪前科，被人评价为木讷沉默，也从不与人发生争执，但这么多年不回来，如今却突然回来，只是为了来看看即将出嫁的女儿？

在被警察带去问话后，陈某坚持自己只是来看娅娅的。

但他只是在楼下徘徊，没敢上去。他自己也知道，当年出轨的事，是他理亏。

陈某说："如果出事了，你们一定要去查查石涵。她那个脾气，是最容易出事的。"

问话的警察看了眼记录，通过前期调查，可以初步看出石涵的性格——强势、执着、好胜心强。但从社会关系来说，石涵并没有什么巨大的敌人。

陈某说："娅娅是一个很温和安静的孩子，我听说石涵对她抓得很严，这孩子是不会惹事的。她的男人你们查过吗？我还没见过……"

爱呀河小区的居民最近茶余饭后的谈资，是1605室的娅娅嫁了个来路不明的人。

男方根本查不到身份，没人知道他叫什么，这个人此前偶尔被居民见到过，是个文静白净的男孩子。

陈屏娅的"丈夫"，是个谜团。

从系统里可以查询到，陈屏娅根本没有登记结婚。母女的失踪，应该和这个男人分不开关系。

针对1605室的搜查正在严密地进行着。这是一间很普通的住房，没发现什么奇怪的地方，里面没有宠物，只有茶几边的一个空鸟笼，它代表着这里曾经养过鸟。

普通母女能有什么仇人？一堆退休老警察都弄不清。石涵性格强硬，说话容易和人呛声，所以大家跟她也没什么话好说，就看见她每天风里雨里送女儿，去这个补课班那个才艺班，他们觉得这个女人"怪不容易的"。

一个身份不明的外地男人，娶走了单纯安静的陈屏娅，她那精明的母亲，定然是觉察到了什么，才会遭到毒手。

娅娅的“丈夫”真名叫李进。这是个平平无奇的名字。

这个身份可疑的外地人，无疑是配不上爱呀河居民眼中的娅娅的。她漂亮、温柔、聪明且能歌善舞——离婚之后，石涵给女儿报了许多的补课班和才艺班。

那时少年宫的才艺班还不算昂贵，是石涵承受得起的价格。她白天上班，晚上去夜市卖小商品，娅娅就趴在三轮车上，在夜市里做作业。

深夜，母亲载着女儿回到小区楼下。在东边的垃圾桶那儿，还有一对父子，正在垃圾堆里寻找玻璃瓶和塑料瓶。

小孩儿正拿着一个玻璃瓶在地上玩，不当心把瓶子滚到了她的车轮下面。石涵怒气攻心，用车上的链子一把将他甩开：“走远点！”

娅娅和他在黑夜中对视一眼。母亲立刻厉声喝止：“你看什么看？！捡你的破烂！”

那个拾荒者的儿子，其实有一阵子还有点名气。

有一年城市抓义务教育，给低收入家庭的子女落实借读政策，这个拾荒者的儿子，居然进了爱呀河小区对口的学校。

按年纪，他要上小学四年级。但因为从小没读过书，连语言能力都很差，身体也因严重营养不良而十分瘦小，最后老师建议，让他从一年级读起。

有些老住户还记得，他们曾经看地方报纸，看见过关于这个孩子的报道，用的是“寒门贵子”这样的标题，夸赞他后来居上，以第一名的成绩按期从小学毕业。

这个孩子最早都没有正经的名字，是班主任和街道办事处一起帮忙起的，就叫李进。

娅娅是那种老师最喜欢的学生，长得可爱、成绩好、听话、多才多艺，所以在小学和初中她都是班长。母亲抓她抓得很严，上下课都亲自接送，母亲的目光如炬，一旦有男生和她一起走出教学楼，石涵就要逼问那人是谁。

娅娅每天可以去楼下玩十分钟，但母亲都会盯着。娅娅下楼玩的时候，就蹲在一处花坛边，在石涵看来，是女儿一个人在玩娃娃。只是她看不见，隔着花坛的灌木，还有个孩子蹲在另一侧，悄悄地和女儿说着话。

陈屏娅小声问他："你平时住在哪儿呀？"

李进指了指不远处："街角那儿，有个蓝色的棚子。"

陈屏娅说："那你们怎么收报纸？老师说了，每周要读一份英语日报的。"

李进笑："看看能不能捡到啊。"

陈屏娅把自己读完的日报折成飞机，丢出窗口。楼下传来垃圾三轮车的车铃，她就知道，是李进收到了报纸。

初一的时候，母女俩爆发了激烈的冲突，起因是陈屏娅买了一本带锁的日记本。

日记本里面无非是些鸡毛蒜皮的小事，却让石涵大发雷霆。她揪住女儿问："你有什么见不得人的事，要写日记？你爸爸当年也是从这种事开始的，这不让我看，那不让我看……"

陈屏娅吓得浑身冒冷汗，她甩开母亲，冲出家门。

楼下，李进正帮父亲将杂物推上三轮车，他看见女孩冲下楼，直接奔向他们的车。娅娅大哭："我害怕，你们能带我走吗？我害怕！"

石涵也冲出楼道，将女儿从垃圾车边上拽回来。李进想拦住她："阿姨，你别这样拖她……"

石涵怒喝："你算什么东西，配和我的女儿说话？"

警察从1605室里搜出了几份英语日报，是很多年前的报纸了，上面用圆珠笔写着字，字迹很稚嫩。

报纸上写的都是约了周几在楼下碰头的内容，应该是陈屏娅小时候跟玩伴的传信。

娅娅和李进小时候偷偷在楼下玩，不是没有翻过车。有天傍晚，刚下过雨，两人正蹲在花坛里，隔着灌木捉蜗牛，他们以为石涵看不见。突然，女人的身影像老鹰一样笼罩住他们，她从草堆里将娅娅拎了出来。

石涵把她拽回家："你和一个捡垃圾的玩？"

陈屏娅说："为什么不能和捡垃圾的玩？"

石涵说："你怎么那么没出息！"

石涵早就看那对拾荒父子不顺眼，垃圾明明哪儿都有，他们凭什么进小区捡？她给上级写了信，电话也打了很多个，重点说治安，她还写了附近发生的几起案子，写了让这种拾荒人进小区的危险……

几个月后，小区加装了居民出入的铁门，李进和父亲进不来，渐渐地再也没人见到他们了。

中考也近了。

母女俩天天一起在书桌前坐到十二点。每次月考，石涵要亲自去教师办公室拜访，如果娅娅成绩下滑，她就会回去抱着女儿痛哭：“你要妈妈怎么样？妈妈不打你，不骂你，妈妈只是希望你过好日子，你还要妈妈怎么样？”

诚如她所说，陈屏娅很少挨打了，几乎都是听母亲的“罪己诏”。这种方式能够倒逼出孩子的愧疚心，石涵发现，如果问“你到底想做什么”，女儿就会哭着说自己想要这个那个；但如果反问“你还想要妈妈做什么”，女儿只会低头哭，不敢再要求妈妈。

陈屏娅直到上大学前都没有手机，家里也没有电脑。母亲接送她辗转于学校、家、补课班以及才艺班之间。

她坐在石涵的摩托车后座上，看着街景发呆，这是她唯一的消遣。母亲常说，等考上大学，她想怎么玩就怎么玩。

有时候她在路边看见拾荒者带孩子，会微微直起身子去看。但那都不是李进。没人知道李进去了哪儿。

高考后，陈屏娅顺利进入了一所本地名校。她的高考志愿是母亲填的，全都是本地学校，没有外地学校。

在石涵的笔记本上，调查员发现了很多手写的电话号码，后面备注了一些信息，比如 X 千万、X 企、XX 协会会长之子……

这些人的相同之处就是有钱，年龄从二十六岁到四十五岁不等。笔记本上还有一张日程表，上面记着几日约好和某某吃饭。

他们打了几个电话过去，弄清了两者之间的关系。这些男人，都是石涵为女儿找的相亲对象。

笔记本里还有以前陈屏娅的课程记录，内容让调查者啧啧称奇，除了还能理解的文化课与艺术课之外，还有家政课、国学课、女性美德课……

学校教育提供漂亮的学历，而艺术和德育课则提供婚配上的加分，石涵打听了许多消息，竭力把女儿打造成最受欢迎的那种妻子。

也就在这时，最新的消息传回来，他们找到李进了，或者说，找到了李进曾经住的地方——花鸟市场。作为在城市中逐渐没落的部分，这里的店面已经越来越少。

初中的时候，李进被人收养了。养父是个没有孩子的中年人，开着水族店。男人负担他的学业和生活，李进要为他养老。

但没过多久，养父死于肾衰竭并发的综合征。李进只能一边上学，一边打理店面。

当警方抬起卷帘门时，他们先是看见了一条龙一样的影子。店里有嗡嗡的响声，那是大型过滤器、打氧器、保温棒同时运作的声音。

在水族业里，这家店是一家猛鱼店，专门销售肉食鱼。店内最大的主缸里，养着一条近两米半长度的巨骨舌鱼。

警察一方面调查那些嫌疑巨大的肉食鱼，另一方面，李进和陈屏娅的行踪也逐渐浮出水面。

在西南某座小城里，有人发现了类似两人的踪迹。很快，根据线人提供的线索，警方在一家超市里找到了这两人。

审问室里，陈屏娅坐在里面，一份文件摆在她面前。

记录员看着她：“首先，你不是 A 大 985 毕业的，以你高考的成绩，你最后进了一所普通的二本大学。”

陈屏娅低着头，忽然笑了笑。

记录员问：“石涵知道这件事吗？”

陈屏娅摇头：“不知道。我不敢让她知道。”

记录员好奇：“你是怎么做的？”

陈屏娅说：“李进帮我的。”

“高考后的暑假，我们又遇到了。”

查到分数的那一瞬间，她浑身的魂魄都像被抽干了，在座机边呆愣了半小时，然后她跪在马桶边吐了。

她失魂落魄地走在街上，被一个人喊住了。她看了很久才认出来，这人是李进。

两人在街边聊了很久。李进很好奇：“你包上怎么还有锁？”

陈屏娅说：“她不许我看小说，杂志也不许。就算是课外读物，只要上面有‘爱’这个字的，她就觉得这是女孩子不该看的。”

“所以我只能这样。因为她每天会查我的书包，后来我受不了，我让同学帮我买了把锁，把拉链锁了。

“她闹了很久，抓着我哭，她问我，知不知道爸爸是怎么走上第一步的，就是从不让她开一格带锁的抽屉开始。”

石涵把女儿的书包丢进垃圾桶，一个人伏在沙发上号啕大哭。陈屏娅不知所措，她觉得是自己错了，只能不安地站在门口。

那次事情后，陈屏娅一连五天没有和石涵说话。她发现，其实这对自己没有任何影响。石涵只会问她在学校读得怎么样，考了几分，舞蹈表演站在队伍的哪里……无论她想和母亲说什么，石涵只会用类似的话回答她：“去小卖部买汽水？你单词背了吗？”

但或许是为了修复和女儿的关系，石涵做了些让步，她去花鸟市场买了只白文鸟，就是娅娅一直想养的那种，看起来像个白团子。

这一步很有用，陈屏娅很多年没那么高兴了，她蹲在鸟笼边玩了很久。第二天早上进校门，陈屏娅主动和母亲说了再见。

说到这儿，她又因为考试失利泣不成声，李进却很冷静，一步步给她出主意，怎么拦住录取通知书，怎么弄全套的证件……

陈屏娅说："后来，我妈就在送我入学的时候去了一次那所大学，帮我搬寝室。我先拿假入学证混进了寝室楼，再挑了间没人的空寝室，让我妈往里摆行李。等她弄完走了，我再把行李重新装起来，去我考上的那所大学办入学。"

就这样，她瞒住了这件事。

进了大学，她有了第一部手机，只能发短信和打电话。

陈屏娅告诉记录员："就是那种翻盖的，现在都叫老人机了。她特意给我买的那种手机，这样我就没法看其他东西。"

周末，石涵会拿她的手机查通讯录，如果发现陌生人，就要打电话过去核实身份。陈屏娅大学的同学都接到过类似的电话，石涵言语中会带着某种威胁："你们的身份，我会和辅导员去核实的。"

石涵也会时不时地给她一些电话号码，那都是她不知通过谁弄到的号码，她让女儿和对方"多聊聊"。陈屏娅打过一次，是个男人接的电话，她立刻就挂了。

石涵会经常教育她嫁人的意义："什么一辈子不嫁，什么嫁给会做家务的男的？你要先自己学会怎么绑住男人，要学会操持家务。女人这一生过得好不好，关键就是看嫁人。”

石涵说：“嫁得好一步登天，妈妈这样培育你，就是为了让你登天。现在好大学出来的女孩子吃香，有本事的男人也会挑啊。你考得上好大学，说明脑子清楚，能把家庭打点好。男人也精明了，他们知道，真的找个乡下妹也丢人的……”

陈屏娅现在已经换了手机，旧手机被丢了，通讯录里的那些号码，也随之被丢弃。

她的第一部智能机、第一台笔记本电脑，都是李进帮她弄的。他教她怎么在大学里申请学生智能机，有同学电脑换代，他帮她弄来了那台电脑，修了修系统，手把手教她如何使用。

没课的下午，两个人就去市中心玩，那是陈屏娅从没接触过的世界。两人甚至还去了周边的城市旅游，陈屏娅用上了攒了很久的零花钱。

李进看见她的样子，笑着问：“你为什么那么开心啊？”

陈屏娅也笑：“因为以前没看过这些啊！”

李进说：“但这就是普通人会看见的东西啊。”

陈屏娅说：“那你都看惯了，还出来看什么？”

李进看天笑：“我想看看你啊。”

陈屏娅回忆起那天，她告诉母亲，自己有男友了。

石涵问她：“男方家里是做什么的？”

陈屏娅实话实说：“普通家庭，普通人。”

石涵当即表示了反对。她说了一句话，让女儿印象特别深刻。

石涵很生气："我把你养成这样，不是为了让你嫁给一个普通人的。"

"你是要往高处嫁的，娅娅，你都进了外企，怎么你的眼窝子就那么浅呢？"

石涵在下个月为她安排了几场相亲，男方都符合石涵要求的条件——有钱，有一定社会地位。至于年龄或者几婚，并不在她的考虑范围内。

石涵觉得最理想的情况是女儿大学毕业后就尽快结婚，否则女儿将不断贬值。石涵已经开始焦虑了，她发现大学仿佛另一个天然保护罩，她对女儿的影响，在这四年里急剧降低。

因为相亲的事，毕业后的娅娅和母亲频繁发生冲突。陈屏娅想，好大学也好，唱歌跳舞也好，进一家好公司也好，都只是母亲给她装点的首饰，母亲的最终目的是让她嫁给有钱人。

母亲曾以和亲戚吃饭的名义带她去了一家西餐馆，其实目的就是把她骗来相亲，男方是个小企业家。石涵不断夸赞女儿："家务做得好，学历好，才艺好……关键是年纪，大学才刚毕业。"

陈屏娅说去上厕所，然后转头就出了餐厅。

石涵到家后大发雷霆："你知道那个人多难约吗？你想嫁一个你爸那样的人？那种一点儿用都没有的男人？！"

陈屏娅默默地看着暴怒的女人："如果我找个很好的人，但他没那么有钱呢？他不穷，家里就是正常的殷实人家……"

石涵冷笑："那我费那么大劲养你干啥？！"

陈屏娅呆坐在沙发上，脑子里一片空白。

石涵面无表情地转身，她走到鸟笼旁。陈屏娅看着母亲拉开窗户，然后打开了鸟笼的门。

她还来不及阻止，羽翼声就从窗口远去。

陈屏娅想走，想和李进远走高飞，就算真的去收垃圾都无所谓。于是，她和李进演了一场戏，让李进假装是一家高端水族企业的富二代，专门定做高端的观赏鱼设备。

这一招很管用，一直对男人充满戒心的石涵，瞬间就觉得这个年轻人和女儿十分般配，她根本认不出面前的人就是当年捡垃圾的孩子。

陈屏娅笑了笑：“不过婚礼之后，她很快发觉了不对劲。”

结婚证是假的，住址是假的，亲家是两个雇来的演员，这个编织在谎言之上的婚姻，除了爱，没有一样是真的。李进有一套小房子，一间小店铺，足以度日，但远远达不到石涵的要求。

石涵在两天后就察觉出了不对，开始调查女婿。此刻，对面的警察也困惑：“你们这样做，不怕她闹起来？”

陈屏娅笑了：“她闹起来就没面子了，她的面子最重要。她跟踪到那家水族店，看见我们给鱼缸换水，然后又跟踪了七八个地方，终于知道他不是什么富二代，死心了。”

陈屏娅长长松了口气：“她死心了，看见我没照她的意思，却过得比她好。”

石涵在死心后就失魂落魄地离开了。这是外面，不是她和女儿的小家，她甚至没有勇气当街拽着陈屏娅大喊，让所有人知道自己女儿和一个开水族店的跑了。

当母亲消失在视野中的刹那，陈屏娅发出近乎尖叫般的欢呼，然后立刻丢掉了旧手机，买了离开的机票。

如果不是老邻居报警，恐怕没人会介入这件事。陈父知道女儿的下落后就走了，陈屏娅和李进走了，邻居们各自散了。

至于石涵究竟跑去了哪儿，好像没有人再问过。

CHAPTER · 09

一书

一书

CHAPTER·09

早上七点，爱呀河小区 1901 室的住户就像大部分有孩子在上学的家庭一样，困倦地开始了新的一天。

许然在六点五十分被妈妈叫起来：“起床了，快点。”

他在床上呆坐到七点，想再睡十五分钟。他有种冲动，想就这样睡回去，对睡眠的渴望几乎就要战胜一切。

母亲又冲了进来：“快点！七点了！”

许然慢慢下了床，开始收拾书包。催促声从外面不断传进来：“给你三分钟理书包，东西别忘了！”

许然把书一本一本地放进书包，母亲提醒他别忘了带东西：“笔盒、作业、课本……”

许然淡淡应了一声：“知道了。”

出门前，他从抽屉里抽出了一本很薄的小册子。许然像是在犹豫要不要把它带上，他认真地凝视着它，翻开第一页看了眼，然后把册子装进了外套口袋里。

许然今年初二，他的教室在三楼。学校有七层楼，上面都是高中部，初中生很少上去。

他木然地看着领操台上发言的校长，那是个中年秃顶的胖子，他每次发言的时间都很长。领操台上有遮阳棚，但校长的秃头仍在太阳的照耀下微微发光。操场上，老师站在树荫下，学生们则都站在太阳底下。

校长说："看着你们站在阳光下的青春，我就想起……"

许然幻想着自己的身体离开队伍，摆脱这种无聊的周一活动，回到教学楼，喝口冰冷的水，然后一步步走上七楼。在所有人都聚在操场的周一早晨，在空寂而干净的楼道里，他可以得到最后一片宁静。

放学回家的路上，他的步伐很慢。许然可以坐公交车回家，但他选择步行，他恨不得这条路永远没有尽头。

母亲把这归结为"勤俭"，在亲戚面前夸赞："这孩子从小就省钱，能不花就不花。我说'给你公交卡，你坐 83 路回来吧'，他偏要走回来。"

许然用筷子搅着饭，闷声不响。

从亲戚家回去的路上，母亲突然用手肘顶了他一下："怎么这么讨厌？啊？一顿饭就板着张脸，谁欠你五百万了？啊？"

父亲边走边玩手机："别人家孩子都有说有笑的。"

母亲说："就是。有什么毛病……"

许然说："我说了我不想来的，我可以待家里的。"

母亲问道："什么不想来？家里人吃饭呀，开开心心的，干啥不想来？"

许然答："你开心不代表别人也开心。我不想来，你硬要我来；我来了，你还要嫌我不笑……"

母亲求助父亲："你听他讲的什么话？"

父亲说："哪有什么不开心的？你一个人在家，谁知道你做什么？"

许然说："做完作业看书，看完书看会儿电视，玩会儿手机。"

父亲道："那还不如出来和亲戚吃饭呢。"

许然说："那我觉得还是待在家里好。"

母亲还在抱怨："别人回去肯定说，那个小孩一点儿教养都没有，不知道平时爸妈怎么教的……我真不想带他出去，出去就板着个脸……"

许然打断她："那就别带啊。"

母亲这时摆出一副清醒理智的样子："好了，许然，到此为止，别说了。大人是不会和你一般见识的。"

许然不想再听下去。他刚才没吃什么东西，只喝了点汤。因为父母的声音在饭桌上不断回荡，他听见他们的声音，胃就本能地开始抽搐。

回到家，到了卧室，他关上门，呆呆地坐在床上。难以言喻的绝望突然淹没了他，许然掩面哭了，他反复地回想起母亲的话。

这番对话已经不是第一次发生了，几乎每次他被父母带去聚餐的回程上都会发生。

没人欠他五百万，但他不明白为什么他们就能那么坦然地让自己不高兴。他得看他们的脸色，得小心翼翼的，但他们可以对自己为所欲为，当自己被惹怒了，他们还会装无辜：“父母到底哪儿亏待你了？”

许然不知道什么时候才能摆脱家庭。他度日如年地计算，也许上了大学就可以，但要熬到大学，还需要好几年。

许然想起从前养过的一只小猫，小猫是某天下大雨时，他从街上救回来的。他把猫小心翼翼地养在床底，给它起了名字。因为父母答应过，如果下次期中考试他是前三名，就满足他一个愿望。

那次他考了第二名，远比从前考得好。晚上的餐桌边气氛欢欣鼓舞，只不过父母没提那个愿望的事，就好像忘了一样。

许然和他们提起：“爸爸，我有个愿望。”

父母问：“什么愿望？你考个第二名还要什么愿望？第一名再说。”

许然坚持道：“你们答应过的。”

父亲愣了一秒，然后说：“你说说，要买游戏还是买什么？”

许然回：“我想养猫。”

家里静了静，母亲先摇头：“不许养！养你一个已经够烦了！”

母亲说：“爸爸妈妈陪着你还不够吗？要一只猫干吗？脏死了。”

许然沉默了。倒是爸爸摆了摆手："你就让他养！"

母亲尖叫着把碗放下："养什么？还不够烦的？"

许然也提高声音："爸爸都说让我养了！"

饭桌上又吵闹起来，母亲的尖叫穿插全场。这个女人总是尖叫，试图让自己的声音盖过家里的每个人。最后父亲被烦得受不了："你就让他养，养几天他自己就受不了了，小孩子不都是这样的吗！"

许然开心地回了房间，把小猫从床底抱出来。它终于可以不用待在床底，能去客厅玩了。

但是第二天他放学回家后发现，猫不见了。母亲拿着吸尘器准备打扫客厅，听见他问猫，理所当然地回答："丢出去了啊，一只野猫，不然呢？"

母亲打开吸尘器："还真以为会让你养啊。"

许然走到书桌边，爬上桌面，拉开窗户。黑夜下，不远处是一片工地，夜灯闪烁，爱呀河被掩埋的河道正在被挖开。

许然很想看看那条传说中的河流。在他出生前，它就已经被填埋了。可有时，楼下那些下象棋的老头会谈论它，这里从前有过一条河，它春天是什么样，秋天是什么样……

孩子会在里面游泳，挖泥鳅，互相丢泥巴……

那些孩子一定很快乐。许然想等到那条河再现，那时，也许那些快乐的孩子就会回来，他也可以学着别人，明白人们究竟是如何快乐的。

放学前的综合课，学校请了一个嘉宾来演讲。嘉宾叫关寿，出过几本书，主题都是关于感恩生活之类的。

演讲地点在大礼堂。有三个班级被随机挑去现场听演讲，其余人则是看直播。

关寿已经坐在麦克风前面了，他看着比宣传海报上还要消瘦和苍白，这是很少见的。

一般来演讲的中年男人，先忆苦思甜，再阐述自己的成就，最后推荐自己的书。有几个学生用手机查了查，这个关寿差不多也是这样的三板斧。

当关寿开口“我和你们一样大的时候”，底下有三分之一的学生，已经在偷偷玩手机了。

说到要感恩，要知足，说到这代年轻人经历得太少，太脆弱……

“想想父母和老师为你们付出多少，想想你们身上有那么多的期待，你们应该感到活在世上是很幸福的。我们小时候没手机没电脑，玩具就是几个铁圈几根橡皮筋，空调都没见过，浴室厕所都是公房公用，条件比现在艰苦多了……高考压力更大……大学生都没几个……

“那时没听说有孩子寻死觅活的。现在就是抗压的教育太少了，家庭和学校都保护得太好了，你们不知道自己的念头有多幼稚。

“你们可以去看看我的书，这本书，那本……还有我今天带来的新书。很多家长反映，这些书给了孩子深刻的教育……”

关寿往台下看了一会儿，随手挑了个前排的学生：“这位同学，你上来，这本书的第七页第三段，你来读给大家听。”

指的就是许然。

许然上台，面无表情地翻开书，第三段歌颂的是一个平凡的早上，路边早点摊的香味和蒸汽，小鸟的鸣叫，和睦的一家三口……

关寿喝了口茶：“大家要学会观察生活中的美好，要学会去看正能量的一面……”

许然转头，看着这个滔滔不绝的男人。发现自己被盯着，关寿有些得意地请许然发表读后感：“同学，你说呢？”

许然沉默了一会儿。两人对视片刻，也许是直觉，关寿突然有点后悔这个决定，他想叫这个孩子下去，可老师已经把麦克风给了学生。

许然说：“我觉得这是大人眼里的美好世界。”

“我也没被这些文字感动到，我甚至怀疑你写的时候也没有多少真情实感。”

关寿呆呆地听着，苍白消瘦的脸颊上浮起一层尴尬的红。

许然说：“我看了你写的东西，反而对生活更迷茫了。”

在厕所待了将近十分钟后，许然决定出去面对现实。他刚才从会场直接跑进厕所，在隔间里安静地哭了一会儿。

等他出去，会被老师叫去谈话，被请家长，回到家，还会面临父母崩溃的吼叫：“你到底哪里过得不顺心？”

他推开隔间门，同时，旁边隔间的门也开了，有人和他恰好同时出来。

是关寿，而且和自己一样，他刚刚哭过。

男人血红的眼睛不知所措地闪躲着，几秒后，他又决定和许然说话：“你……你那个……”

“你别做傻事啊。”

男人垂头丧气地走出厕所。眼看到了门口，他突然又折返回来，掏出自己的手机，打开聊天软件伸向许然：“同学，你加我一下！我求你了，你加我一下！”

许然惊恐地退后：“你干什么？！”

关寿很痛苦：“我的孩子，不久前没了……”

许然问：“为什么？”

关寿摇头说：“我不知道为什么。我想求你告诉我。”

关寿的孩子上个月死了。

妻子早上叫孩子起床，没回应，打开门的时候，她发现儿子睡在床上，已经叫不醒了。

关寿的家庭，在外人看来是圆满的：他写书出书，赚家长的钱，讲座一场接一场地开，有声改编、专栏节目一个又一个地红。他的孩子品学兼优，在市重点读书，一直是他的谈资与骄傲。

家里很少发生争执，他觉得孩子从不和他们顶撞，只是话少。死前有征兆吗？没有。孩子每天就说那么几句话——“我走了”“我回来了”“我吃饱了”“我去做作业了”。

不知从什么时候开始，孩子只和他们说这几句话。

夫妻俩不明白，一个孩子，生活殷实，父母双全，能有什么天大的事去寻死？

关寿在晚上给许然发消息：“你觉得生活很不快乐的时候，就没有想到爸爸妈妈？”

许然：“没有。”

关寿：“你想象一下再也见不到爸妈，你不难过？”

许然：“你们为什么能自我感觉这么良好，都觉得孩子离不开你们？”

关寿：“孩子，爸爸妈妈给了你生命，是他们把你带到这个世界上来的啊。”

许然：“是我求他们生下我的吗？”

关寿坐在沙发上，呆呆地看着手机。

他无法理解许然这样的孩子，自己的儿子也是这样，很多想不开的孩子也是这样，大人根本无法理解他们。这些孩子很多都出生于殷实美满的家庭，在物质上没有短缺，父母自认为给了他们最好的环境，可到最后，孩子却对“离开父母”这件事没有表现出任何的不舍。

两个抚育他教育他、给他热饭和暖衣、关心他冷不冷饿不饿的人，十几年的情分，养条狗都该养得通人性了。

许然不耐烦了，他不想和这个自恋的中年崩溃男聊下去，他还有几张卷子没做。

许然：“我得做作业去了。还有，我现在特别理解你儿子。”

关寿：“你先告诉我，你到底理解他什么了？”

许然：“你没有把我们当人看。你还在拿你们小时候那种不拿人当人的态度在当父母。”

许然：“你儿子肯定和你吵过，只是你根本没觉得那是‘吵’。

你之所以不那么觉得，因为只要他不摔东西砸东西，你就不会把他的感受当回事。”

许然把他删了，做作业去了。母亲收拾衣服路过他的卧室，学校打电话给家长说了今天的事，父母发了很大的火：“一点儿都不会看看场合，别人还以为我们怎么虐待你了。”

放学的时候，许然在校门口被戴着口罩的关寿拦住了。

许然很烦地推开他：“你有完没完？！我和你说不通，你再这样我叫保安了！”

关寿也不让步：“你连死都不怕，你还怕我图谋不轨？”

许然被他拖上了车。关寿驱车去餐厅：“咱们先捋一捋，来来来，你跟我解释一下，啥叫‘拿你当人’？吃饭时跪着请你去客厅？”

许然在后座玩手机：“就是我不想上你的车，你就不会拉我上车。”

关寿哽了一下：“不，我这不是……”

许然反问：“我今天如果和你一样大，比你高比你壮，你还敢这样吗？”

关寿想起，有一年除夕家里吃饭，儿子收到了亲戚给的压岁钱。关寿把孩子拉到大人们面前：“压岁钱不能白拿，给叔叔阿姨表演一个《蜀道难》朗诵。”

儿子半低着头，神色平静：“我可以把钱还给姨父。”

大人们都笑了：“快点，大家给你鼓掌！”

关寿教训他：“晓城我可告诉你啊，大过年的，别弄得大家都不高兴。”

关寿的儿子眼神低垂着，把东西背了一遍。

他拿这事问许然：“你说这是没拿他当人？我没骂他，没逼他……”

许然嗤笑：“你这就是逼他。我爸也经常这样。”

关寿问：“那这事儿有啥好不乐意的呢？拿了压岁钱，高高兴兴的，给长辈们表演节目道谢……”

许然说：“你根本没允许他有得选。他没得选，他一直没得选，他就只能选一个自己能掌握的事，那就是去死。”

关寿在红灯前停车，他把头靠在方向盘上深呼吸：“不对。这不对。你们是小孩，你们还不懂事，不知道怎么选才好，大人得教会你们……”

“而且这都多大点事啊？你们知道为了这点事不开心有多不值得吗？！”

后面的车在按喇叭，绿灯了。他忘了开车，一心等许然的回答。

许然沉默了一会儿，低头笑了：“值得啊。”

“我们的世界里一共就那么点事，逃又逃不掉。”

因为被拉去吃饭，许然回家晚了。

父母已经坐在沙发上看起了电视，父亲正在抱怨烦人的老板，突然看见新闻里播报一则中学生自杀事件。

父亲摇头：“这种孩子就是太脆弱。”

父亲说：“考试压力大，几十万个小孩，怎么就你承受不住？那说明你心理不健康。”

许然沉默地走进卧室，躺在床上，长长地叹了口气。他想起刚才吃饭时关寿的问题："这世上的美好你们感觉不到吗？以后进了大学，会有全新的生活，找到工作，恋爱结婚，有自己的孩子……难道你对未来没有一点向往吗？"

客厅里，父亲再次抱怨起老板。许然没法从父母身上看见未来的美好，上班比上学还要绝望，摆脱窒息的家长，还会有窒息的职场。

他准备做作业。母亲进来问："今天要洗衣服了，你秋季校服的外套呢？"

关寿回到空无一人的家里。孩子死后，妻子崩溃地回了娘家。

桌上和地上堆满了脏碗和外卖盒。他干脆躺在地板上，回忆刚才吃饭时那个孩子给自己的答案。

"因为你的孩子不喜欢你，所以他就没有留恋地走了。

"他不喜欢你，因为你爱他的方式不对，或者根本不爱他。

"你饿不饿，你冷不冷，这样的爱，到了一定的时间就没有用了。

"孩子饿了会自己去冰箱里找吃的，冷了会自己加衣服。父母还想继续把给婴儿的关怀给少年，这太偷懒了。"

因为偷懒，所以父母永远都把孩子当成婴儿：喂吃的，给衣服，哄他，玩他。最终有一天，他们为自己的偷懒付出了代价。

他回到停车库的车里，想出去兜风散心。在后视镜里，他看见许然的外套遗落在了后座。

早上那本小册子在外套口袋里。许然在里面记录了让自己痛苦的事，记录了很多页。

它被留在了关寿的车上。许然想，或许这样也挺好的。

他回想那些事，因为没有文字记录，它们开始变得模糊；回想关寿，这个男人，其实是有忏悔的。如果自己死了，父母也会有一样的忏悔吗？

尽管不是自己的父母，但至少属于某位父亲的忏悔，他看见了。

周末，亲戚来他家吃饭。父母一边抱怨着做菜招待客人麻烦，一边警告他待会儿要主动和别人打招呼。

他尽可能地待在卧室里不出去。父亲在外面高谈阔论，亲戚家有个读小学的孩子，父亲提醒亲戚："别给孩子私人空间，我家就是给了这东西，孩子才不和大人亲近。"

饭吃到一半，那孩子进了许然的卧室，后面还跟着几个亲戚和父母。亲戚照旧夸了几句说他能自觉做作业，然后小孩看见了他桌上的一本书。

那是关寿的书，这家伙是改不掉自恋的，上次把自己的签名书当礼物送给许然。

亲戚知道这本书："我家宝宝现在看得懂这书吗？"

父亲很大方："哎，你别管他看得懂看不懂，拿回去。然然，这书送人家。"

亲戚让孩子去拿，书几乎被拿了起来，又被许然盖住了。

许然冷着脸："我不想送。"

父亲有些尴尬："你干啥？一本书……"

许然说：“这是我的东西，你问过我想不想送吗？”

母亲说：“这不是问你了吗？然然，这书送人家好不好？”

许然摇头：“不好。”

关寿躺在地板上，不知道多少遍地翻看着许然的册子。

都是很小的事情。

不想和亲戚吃饭，不想表演节目，不想把自己的东西送别人，不想和父母一起出去旅游，因为莫名其妙就会挨骂，捡回来的小猫被妈妈扔了出去……

事情很小，但是密密麻麻写了许多页。

关寿的孩子一定也有一本这样的册子，只是没有写下来，而是密密麻麻地刻在心里。

他捂着那本册子，倒向一旁。

爱呀河小区 1901 室的窗台，许然坐在窗边。亲戚走后，家里大吵一架，父亲喝了酒，仗着酒劲，揪着他狠狠打了他一顿。

父亲愤怒地咆哮：“谁把你养那么大？不知感恩！”

许然想推开他，但是被一脚踹倒。他终于也像母亲那样尖叫，为了让自己的声音传出去而声嘶力竭：“我要是一米八你敢打我吗？我要是你老板你敢打我吗？你打我是因为你只打得过我！你们除了我谁都不能欺负！”

他的头被打得嗡嗡响，父亲揪着他的衣襟将他踢进房间，从外面狠狠关上了房门。

客厅里继续爆发着夫妻之间的争吵，但许然轻松了。

夜深了，他拉开窗。那本册子里几乎开始变淡的内容，在今夜悉数涌回他的脑海。

然后，许然的手机亮了。凌晨，关寿给他发了消息。

“爸爸错了，爸爸来见你了。”

关寿最后给孩子发了消息，这条消息按理是不会被回复的。可几秒后，回复来了。

许然回他：“你发错了。”

本来是发给儿子的消息，结果发给了列表里的许然。

关寿刚要苦笑，又问：“你为什么还不睡。”

许然的回复很冷静：“我睡不着。我受不了了。”

关寿怔怔地看着这条消息，回他：“你家住哪儿？”

许然问：“你想干什么？”

关寿说：“我不干什么，最后来见见你。给我地址。”

关寿的车在深夜开进爱呀河小区，路途只花了十五分钟。他懒得停车，把车丢在大门口，直奔十九楼。

1901室的门被粗暴地砸响。许然听见了，父亲困惑地开了门，下一秒，是他惊愕的大叫声：“你干什么？！”

话没说完，他就被蓄势待发的关寿打倒在地。

关寿把人摁在地上打，女人也醒了，尖叫着冲了出来，又不敢上前。许然呆滞地站在卧室门口看着这一幕。殴打大概持续了三分钟，关寿全程一言不发，打完后就站在门口。

直到警察赶到，把这个莫名的施暴者押走。

关寿一直看着许然，先是吃吃笑着，后来掩面而哭。

他们之间一言不发，可很多事情，在这一刻彻底释怀。

CHAPTER · 10

铜

铜

CHAPTER · 10

爱呀河小区的楼下，小铃正蹲在花坛边拔着虎耳草，就看见身后有一家人走进了小区，他们还推着一台轮椅。

轮椅上坐着个白发老妇，她看上去很老了，像是棵活了几百年的树。

1309 室的吴瑞风把奶奶从老家接到了 A 市。

吴瑞风今年三十岁。因为把奶奶接来自己家住的事，妻子和他吵了许多天。

吴瑞风这么做，也有他的原因，总之，老太太先在爱呀河小区住下了。

小铃路过 1309 室时，还偶尔能听见里面夫妇的争吵声。吴瑞风的妻子拍着桌子：“当时怎么说的？你老家那堆农村的亲戚，一个都不许过来！之前把你爸接过来，今年又是老太太！你想干什么呀？你日子还想不想过了？！”

吴瑞风呵斥道：“好了，别烦！时间要到了！都准备了！”

屋里突然安静，半分钟后，妻子甜美的声音响了起来：“各位家人好，大家太客气了，这么早就等在咱们直播间……”

小铃听不懂，甚至觉得滑稽，吃吃地笑了。

吴瑞风和他的妻子是两个网红主播，结婚后他们强强联手，开设了一个夫妻共有的直播间。

在很长一段时间里，农村出身的吴瑞风总觉得自己低人一等。可随着直播行业风向微变，这又成了他的一个有力武器。

他把奶奶接过来是为了今年的大卖会。去年，吴瑞风就吃了亏，他和妻子穿着光鲜的情侣装带货，结果不仅数据输给了隔壁那个直接回农村和全家老少一起直播的竞争对手，还因为年初的整顿，直播信用分被扣了 10 分。

吴瑞风选了和奶奶一起直播，没有选父亲是因为他们之前试过——父亲像个傻子坐在那儿，只会傻笑，安排的剧本背不下来，设定好的互动情节也记不住。

但奶奶不一样，吴瑞风给奶奶想好了一套人设（人物设定）。

奶奶叫阿铜，这不是户籍系统里的名字，户籍系统里她随夫姓，叫吴铜。吴铜的户籍是很久后才补上的，那个年代很多女人都是这样。

平时她就叫阿铜，也不知道为什么叫这个。

吴瑞风和妻子计划好，到时候就在直播间引导观众喊她“阿铜木奶奶”，有了外号，人就有了感情，就会有情感黏性。

他们直播的时候是开着门的，吴瑞风租了1309室和1308室两套屋子，一套用来自己住和直播，一套用来当仓库，方便助理搬东西。

直播时偶尔也会有路过的邻居围观一会儿，但大家已经见怪不怪了。小铃靠在门口，看着轮椅上的白发老妇。她看着也许有一百岁了，也许才七八十岁。

阿铜斜靠在轮椅上，像婴儿一样“咿咿呀呀”发着怪声。两个助理来来回回搬东西，经过轮椅的时候有点害怕：“风哥，她不会伤人的吧？”

吴瑞风说：“不会的，我小时候她还带过我，她就只是疯疯癫癫地唱歌，不伤人的。”

吴瑞风很小的时候，有段时间住在农村老家，由阿铜奶奶带大。后来大概五六岁时候，妈妈跑了，爸爸要出去打工，就把孩子交给了镇上的亲戚。

镜头前，穿着简朴的他搂着轮椅上的阿铜，给“家人们”介绍奶奶。他的助理策划了一个感人的故事：从农村大山走出来的网红，发达之后不忘本，将奶奶接进城享福。老人所有的爱都给了儿子与孙子，平时疯疯癫癫，却会对着孩子唱歌……

已经有人被这个故事打动了，在评论里发“老人家寿比南山”。

今天的榜单名叫“为阿铜木奶奶打CALL（加油）”，有几十个大佬在竞价榜首，打投的金额是以前的数倍。

阿铜又唱起了歌。吴瑞风和妻子在两侧围着她拍手：“奶奶谢谢各位家人的别墅！老寿星要把自己的福气都用歌声分给家人……”

评论里有人在给奶奶的歌做“空耳（音译歌词）”，那些听起来毫无意义的音节，被解读成了各种荒诞的歌词。

小铃在门口看现场直播，她也听见了那怪异的歌声，吴瑞风说那是奶奶独创的安眠曲，自己小时候一定要听着这个才能睡着，还建议观众录下来给自己孩子听……

小铃想，这明明是G省那边的山歌呀。

唱的也不是摇篮曲，是在山里迷路的时候唱的。阿铜在问月亮：“月亮你有光呀，你的光像我阿郎的眼睛呀，你从天上替我看着路呀，东南西北南北西东，我走哪一条道回到我阿郎的身边呀？”

第一天的直播结束了，阿铜还在咿咿呀呀。吴瑞风的助理收拾完直播间，推着她的轮椅，把她送到隔壁过夜。

小铃喜欢那个歌声，她蹲在门口，阿铜唱一句，她应和一句。直到照顾老人的助理被吵起来，让阿铜安静点，赶紧休息。

“阿铜木奶奶”红了，连带着本来身处三线、人气堪忧的吴瑞风夫妇也红了。

她唱歌的视频冲上了平台首页，下面挂着链接的商品一夜卖掉了五千件。

有人问吴瑞风，奶奶为什么叫“阿铜”，是家乡那里的方言吗？吴瑞风也不知道，他猜了个含义，大概是铜铃。他小时候被奶奶带着，睡前除了歌声，还会听见很细碎的铜器轻响。

他猜奶奶有个铜铃，妻子沿着这个思路，想了个浪漫的故事，比如爷爷奶奶的定情信物就是个铜铃。

他们在下一场直播时摆了个铜铃，把铜铃塞到阿铜手里。但她根本不会摇，玩两下就摔了。

助理会替吴瑞风清理平台私信。直播后，她问吴瑞风：“风哥，有人问你奶奶是不是G省人。”

吴瑞风说：“不是，我老家出G省了，要更西部。”

助理喝着奶茶耸耸肩：“哦，他说因为他……什么民俗音乐研究……他研究这个，然后说老太的歌是G省那儿的歌。”

吴瑞风起了兴致。他觉得这是个机会，如果阿铜的音乐里还有“民族文化底蕴”，那么以后可展现的东西就更多了。

吴瑞风在直播间放话，要“寻根”，找到阿铜的歌到底是什么地方的歌，让“家人们”一起帮奶奶找老家。他抱着奶奶，在镜头前哭掉了半包纸巾：“她嫁到我的老家，远离了自己的娘家，这么多年，她为了子女，为了孙辈，没有回过家乡……”

小铃在门外看，扯着手里的虎耳草，她听见吴瑞风说，一旦有人找到了那个地方，他就直播带奶奶回娘家。

这让他的直播间排名一路飞蹿，到了当夜的前三。

阿铜的第一次走丢，发生在第九天。

主播都昼伏夜出，白天大家都在补觉，阿铜蹒跚着走出门，沿着楼梯在楼道里徘徊。

好在没有走出大楼，她被好心邻居带了回去。

第二次则更危险，她跟着电梯到了一楼，在小区里失踪了。大家找了很久，最后在绿化带里发现了蜷缩的老人。

小铃其实一直跟着阿铜，她觉得阿铜想走，不想留在那间小屋子里。其实她也想走，当阿铜被助理扶起来后，她也被拉了起来。她说：“我不想回去！”

但助理劝说她起来，不让她待在外面。

其实阿铜的走丢，小铃也有责任。趁着1309室的人没注意，她在门外唱歌逗阿铜，逗得她离开轮椅，摇摇晃晃地跟她出了门。

夫妇俩的直播间越来越红，脱离了从前半死不活的状态。吴瑞风的员工们讨论了一下，决定先做一期“带奶奶回家”的活动，直接带阿铜回吴瑞风的老家，在那个小山村里做三天直播，带货农产品。

吴瑞风还有很多个叔叔阿姨在老家，到时候直播间会很热闹。他很多年没回去过了，虽然对农村一点儿都不期待，但他却对即将到手的带货分成十分期待。

一路飞机换车，颠簸的旅程本来就很烦了，而阿铜还在路上叫个不停。她很激动，歌声甚至尖锐了起来，吴妻戴上了耳塞，一路睡了过去。

小铃其实也在车上，她藏身在轮椅下面，被一起带上旅途。

中途休息时，其他人在服务站吃东西、抽烟，阿铜被一个人留在车上。小铃去拉她：“他们都不在了，你可以跑啦。”

阿铜浑浑噩噩地抓着她的手，从轮椅上扑下来，跌跌撞撞走出车门，走向高速。车辆飞驰，眼看她就要被撞到，吴瑞风的助理回车拿东西，发现老人跑到了公路边。

后半程旅途，众人都牢牢守在阿铜身边。她情绪太激动，不知道是不是年纪大了，无法接受长途旅行。

就这样，阿铜回到了山村。

当晚的直播不太顺利。

老房子本就荒废了很多年，到处都在漏雨，最后吴瑞风借了亲戚的房子用来直播。

起初是暴雨，雷暴雨让这个山村几乎泡在了水里，雨声大得连麦克风都失灵了。

然后，助理替阿铜换上直播穿的唐装时，她又挣扎了起来。

暴雨过去后，吴瑞风叫了几个工人去把老房子修葺一下。亲戚的房子是农村自建小楼，太漂亮了，没那种农村的感觉。

妻子穿着高跟鞋，踩在坎坷不平的泥地上："天啊，你小时候居然在这种地方生活？"

吴瑞风嘿嘿笑："觉不觉得我伟大？"

妻子撇撇嘴："伟大啥啊，这房子倒贴都——"

她尖叫一声，被地上的东西绊倒了。金属清脆的叮叮声凌乱地响起，地上居然有一条铜链。

妻子生气地喊："这都什么破烂！"

吴瑞风踢开它。链子一头拴在墙里，像蟒蛇盘踞，他说："农村里狗多，这应该是以前拴狗的。"

妻子本来没觉得不对，后来想："为啥你家拴狗拴屋里？"

"狗不应该拴门口吗？"

直播时，吴瑞风坐在镜头前，和妻子表演给农村的孩子喂零食，送课本，送文具。阿铜在里屋，助理正安抚她的情绪。

外面传来吴瑞风惊喜的叫声：“这位老师，你说是G省X山的XX寨？你确定吗？”

好像那个研究音乐的观众已经分析出了阿铜的山歌来自何处。

评论回：“对，这些山歌，就像一个村落的记忆。它的发音啊，用词啊，转调啊，都带有特点……”

吴瑞风立刻吩咐：“助理，马上查地图，看看怎么去！风哥说到做到啊，后天就直播带奶奶回娘家……”

突然，里屋传来惊呼——阿铜又推开了助理，从里屋尖叫着窜了出来。镜头前乱套了，当她跑过前屋、经过那条链子时，这个老太太居然准确迈过了它，而身后跟着的助理被绊倒在地。

屋外围着许多来看热闹的村民，吴瑞风想上演一出孝子戏码，带着镜头追出去：“奶奶！奶奶！”

阿铜穿过人群，消失在黑夜里。小铃说：“你看那儿有个人给我们挥手，我们跟他跑！”

人群里，有两个老头在指指点点：“她又跑了。”

吴瑞风问：“她会跑去哪儿？”

老头说：“她以前就这样，拖着链子逃，拽得铜链子哗哗响，所以就叫阿铜了。”

老头又说：“后来她不就是因为逃，摔到沟里摔傻了吗？”

吴瑞风的镜头还开着。他还没完全理解，但隐约意识到了不祥。但老人说的是山村土话，应该没人听得懂……

吴妻从里面追出来：“关掉！关掉！”

吴妻已经从评论里看到，有几个懂本地话的人，将刚才的土话翻译成了普通话，发在评论区里。

跟着那个挥手的人影，阿铜在雨后的泥泞中跑到公路边。小铃跟着她：“吴瑞风说他老家在G省更西边，你要跑就得往东跑。”

小铃和她几乎同时抬头看月亮。这是山里的孩子会的技能，看月亮就能知道方向。她们不知道自己估算得准不准，想问那个人影，但人影不见了。

穿过公路，小铃拉她一起往东跑。她们跑过公路，再回过头，那人影在月色里，缓缓转身回去。

阿铜还是被找了回来。吴瑞风和妻子对着镜头谴责那个不负责任的老人：“他说的是别的人，不是阿铜木奶奶。奶奶和爷爷的过去是很美好的，就是那年几个村的村民一起干农活，两人认识了，很浪漫的，以后慢慢告诉你们……”

吴瑞风说：“我们带着奶奶回她娘家，地区已经问到了。我们要走了，让我几个叔叔阿姨给大家打个招呼……奶奶和爷爷一共有七个孩子，虽然在农村，但他们是很幸福美满的一家人……”

镜头里满满当当的都是人，也分不清哪几个是阿铜的孩子，哪几个是村里来看热闹的。吴瑞风等人启程了，开四个小时车去G省。

他们来到了那座村寨。其实地方不算太难找，这儿靠近省城，更发达些。村口有送葬的哭送队伍，今天有白事。

吴瑞风等送葬队过去了，就推着轮椅进了村。直播还开着，他需要给观众看看，自己心里没鬼——他也没觉得能找到什么。

评论在催促他去找人，他先找了几个年轻人，放了阿铜的歌声录音。年轻人都尴尬地摇头，表示听不懂。

评论让他找点上了年纪的老人。他就去问一个路边乘凉的老太太，老太太也听不懂。

但她找来了好几个人，从六十岁到八十岁的都有，一堆人围着吴瑞风，听那个歌声。忽然有人说：“这是我们这儿的人。”

吴瑞风惊喜道：“是吧？真的是？”

他转头对着镜头宣布了这个喜讯。听歌的老人七十岁了，但言辞很清醒：“这是《白蝴蝶》，女孩子唱的《白蝴蝶》。”

吴瑞风问：“她是你们村嫁出去的吗？”

他特意强调是嫁出去的。几个人也点头：“应该是。”

吴瑞风关了直播，皆大欢喜。但有个老人拍了拍他：“也不一定。”

老人说：“以前有几个上山采药被拐走的女孩子，不知道卖哪儿去了。还有个被拐的，她老爹还去找她，结果一去就再也没回来。”

“要么病死在外面了，要么找到了女儿被卖的地方，但救不回人。我记得有次赶集，谁提到了这件事……”

吴瑞风和妻子正在查看后台数据，心不在焉地敷衍：“没事，这不重要。”

妻子提醒他：“你去补个视频，让她笑笑，推着她在村里转一圈，拍得人高兴点，我们去要个首页推荐。”

吴瑞风和她一起补妆。那老人又想起什么：“我记得那个姑娘的名字。”

吴瑞风笑笑：“肯定不叫阿铜吧？”

老人摇头："叫小铃。"

轮椅还在村口停着，助理在阿铜身边喝饮料玩手机。夫妇俩回去，打算把轮椅推进村。

突然，他们发现，阿铜已经死了。不知道什么时候，她在轮椅上静静地死了。

很快，有些粉丝发现吴瑞风的账号消失了，平台显示的封号原因是"炫富、攀比等消费价值观导向等问题"，这个"等"里面，应该也包含了老人的事情。

阿铜的事情上了新闻，几个村子里出现过一些警察，村民们对着警车的方向窃窃私语。不久后，吴瑞风和他的妻子被警察带走调查，两人的直播账号被封。同一天，吴瑞风的妻子打算和他离婚；也是同一天，有一阵风吹过爱呀河原本所在的地方，将水泥地吹得沙沙作响。

CHAPTER · 11

他很好

他很好

CHAPTER · 11

魏枫坐在爱呀河小区 108 室里。她收到了一条语音，母亲告诉她，父亲刚才去世了。

魏枫今年快三十岁了，老家在另一座不算远也不算近的大城市。她的收入水平中上，因为项目来到陌生的城市，很少回家。

在此之前，父亲得重病已经有一阵了，亲友大多做好了十足的心理准备。他浑浑噩噩地久病于床，耗掉了人们本应该存有的温情和耐心。所以母亲发来的那条语音里，语气中只有疲惫和平静。

而魏枫用同样平静的语气回答：“好，知道了。”

魏枫买了一张机票。在此之前她请了丧假，主管的反应甚至比她还大，问她需不需要多休息几天。

为了父亲节的卖场活动，她的小组正在做一个短片拍摄的故事板。

看着 PPT 里那一幅幅模特们拍摄的父子亲情照，魏枫没有感觉到精神上的崩溃——更奇妙的是，她的情绪和平时一样平静，甚至起伏度小于她平日里看见水果店里草莓时令价时的心情。

所有的组员都用温柔的语气向她发来慰问，魏枫被同事们的善意与怜悯包围，她感到一阵局促的羞耻，不知该怎么消化这些暂不需要的哀悼。

魏枫坐在飞机上的时候，也不是没有反思过自己的情绪。距离她收到消息已经过去了七十二小时，可她的悲伤姗姗来迟，抑或是缺席这场丧父之痛。魏枫用手机处理工作，偶尔回一条亲友的消息：“没事的，家里都还好。谢谢你，不用担心。劳烦您问候了……”

她把这些短句存为快捷回复，不过很快她就用不上了，因为会来慰问的人已经都来过一遍了。

在父亲把自己的身体折腾到这个地步之前，家人不是没有对父亲的生活方式发出过担忧。

比如，他喜欢吃重油重盐的食物，喜欢酒，喜欢窝在躺椅上玩手机，一玩就是半天……

当然他也没有什么过于惊世骇俗的爱好，只是该有的爱好都有了，于是不该有的病也全有了。

魏枫努力回忆母女俩是怎么劝他的，但所有的回忆里，她们和父亲的交流都是那么浅尝辄止——他会用“我知道，你说了多少遍了”来回应她们的一切问题，或者升级版的“连你都知道的事，我怎么可能不知道”。

她需要在告别会上发言，发言稿是她从网上下载的一个模板，魏枫只需要往里面填写内容就可以了，类似那种父女之间点滴温情的回忆。

“我记得，我记得，我还记得……”

如果找一个初中生来写，那么他五分钟就可以交稿。

她看着那几行文字，看了十五分钟，却一个字都填不进去。魏枫印象中的父亲——因为死者为大，曾经与他所绑定的一切不满与不喜都暂且靠后了——显然不能算是一个坏父亲，她的父母在外人眼里，是一对无甚争执的老夫老妻。

他们一起去过游乐园，但父母都在游乐设施下面等她，她玩完了一个项目，一家人就挪向下一个项目排队。

他们也一起去旅游过，但魏枫没法从那些旅途中提炼出什么“点滴温情”，她最大的记忆就是疲惫，无止境的疲惫——早上七点半要在导游处集合，吃只有馒头咸菜的团餐，顶着烈日去一个又一个景点，然后挤在人群中参观。当时魏枫还会因为各种莫名其妙的原因挨骂，现在回想起来，可能只是父母累了，对她不耐烦了而已。

魏枫拿出自己面对工作时的态度，解构自己的逻辑思路——那就是从最直白的“给予”开始写。

她在迷宫之中抓住了些许灵感，比如“感谢尊敬的父亲赐予我生命……”，只是这句话用在追悼会上并不合适，客户的需求是“父亲”，这句话的主角又好像变成了自己。

她收到过一次父亲送的生日礼物，是几本笔记本——不是电脑，就是普通的文具笔记本。父亲把它们当成礼物送给女儿，说这代表着让她“好好读书做笔记”，这听起来不错。

“谢谢父亲送我的几本笔记本……”魏枫盯着这句话看了一会儿，还是把它删掉了。这句话不像是追悼会上的告别，更像是脱口秀上的搞笑台词。

飞机着陆后，在前往殡仪馆的路上，魏枫梳理出了一个新的创意，比如谴责自己——是自己贪得无厌地渴望父爱，无视父亲在繁忙工作后疲惫的神态。

然后这份稿子就合格了，她运用反衬手法，通过描写子女的贪婪自私，衬托出父爱的无私。亲友们听后一定会觉得非常满意。

魏枫穿过黑衣人群，走到发言台前，平静地念出在飞机上赶出的稿子。

不知为何，她脑中浮现出从前父亲下班回家后的场景——她是双职工家庭的孩子，父母都要上班，下班时间差不多。母亲下班后会去接孩子，然后买菜、洗菜、做饭、洗碗、洗衣服、晾衣服、擦地板……

父亲换上背心和短裤，就盘腿坐在沙发上看球。

他甚至连吃饭都不会坐在桌边吃，而是往自己碗里倒半盘菜，抱着饭碗坐到电视机前，边看球边吃，时不时爆发出一阵喝彩声。

在她神游时，下一位发言者上台了，是父亲的好友。这位叔叔的发言就更真情实感了，他口中的“老魏”更像一个活生生的人，他回忆着他们小时候一起去抓泥鳅，一起踢球，一起讨论怎么追对象。

叔叔说：“他是个伟大而尽责的父亲和丈夫，是个很好的人。”

叔叔口中的“老魏”很鲜活，而魏枫记忆中的老魏，是一个面目模糊、穿着白背心和短裤、坐在电视机前看球的微胖男人。

魏枫父亲的遗照摆在告别台前，亲友们依次上去献花告别。照片上的男人看着有些陌生，大概是因为调色和男人那收拾整洁的仪表。

至此，魏枫的情绪如同经历了一场长跑。她觉得，该是最终发力的时候了——作为女儿，此刻看见父亲的遗像和骨灰，她应该痛不欲生。

比如“悲伤姗姗来迟”，人在遭遇巨大冲击的时候，情绪会滞后。无论如何，告别结束了，父亲死去了，她悲伤的情绪也该到站了，就算不激烈，好歹也该有一些伤感。

魏枫盯着那张照片，用尽全力酝酿悲伤。她应该悲伤，她不是那种冷漠的人，她对朋友很关心，和同学至今仍保持联系，工作上和客户相处愉快……她和父亲无冤无仇，不该是这样的。

魏枫像个傻子，给自己默默打气：“加油！魏小枫！你可以的！还记得那部电影吗！”

那是一部讲述亲情的电影。女主角的父亲过世了，她起初还感受不到悲伤，但是在葬礼的过程中，她通过不断回忆父女之间的酸甜苦辣，最终为父亲的过世哭得泣不成声。

她得表现得那样悲伤，才算是一个合格的女儿，毕竟大家都说父亲“他很好”。

鲜花被摆在台上，她转身离去，下一个人献花。悲伤的洪流依旧干涸，就像她加班过度的那个月来的大姨妈。

在转身的刹那，魏枫感到了一阵反胃，这感觉源于对自己的恶心。她不知道自己为什么不悲伤，说得难听一点，好吧，不止难听一点——就算是养个宠物，等几年后宠物走了，主人也会悲痛欲绝的。

她不愿把父母和宠物相类比，但潜意识里，这个念头却不受控制地浮了上来。魏枫走出殡仪馆，她在角落里吐了。

魏枫回到工作岗位上。故事板的进度正常推进，小组的头脑风暴照例在周一举办，每个组员都要提供几个自己和父亲相处时的小回忆，看看能不能从中找到独特的切入点。

一屋子二十多个人，有男有女，关于父亲的分享却出奇地一致——男同事大多集中在“第一次挨打”“第一次和父亲一起看球”“第一次父子一起抽烟”“和父亲谈人生”，女同事则集中在“婚礼上父亲哭了”“父亲抱着自己去看急诊”。

组长不满意，因为这些点在从前的视频、电影、电视剧里几乎被拍烂了。她问：“你们感受到的父爱就那么肤浅吗？深入一点儿？我们说第一印象好不好？就是说起‘父亲’这个词，你们的第一印象。”

不知哪里冒出一个声音说“看球”，然后整个会议室里都响起了哄笑声。

魏枫不假思索地说出一个词：“打牌。”

她印象很深，小时候，有天她跟父亲出门走亲戚，回家途中她想顺便去书店看书，父亲急着回家打牌，她跟在后面喊“买书”。

过了一会儿，男人不耐烦了，转身对着她吼：“买书买书，书书书，打牌都输钱！”

组长想要再感人点的，比如在繁华大都会之中，一个父亲通宵捡垃圾，为了给孩子攒学费。结果又冒出一个声音说“九年制义务教育啊”，于是这个想法被扼杀在了摇篮里。

再往上一辈，义务教育还没被普及的时候，也许这样的事情很常见，但教育普及之后，对于这些大多来自城市的年轻人来说，只要自己能考上公立学校，记忆中就不太会有父母为了学费而发愁的情况。

也有人提议：“要不把舞台放在贫困县吧？就是上学很困难的地方。”

但这个提议也不行，舞台条件太限制了，和客户需求的气质不符。

会议室里组员们叽叽喳喳，魏枫则坐在角落喝奶茶。大家互相嘲笑“你肤浅”“你才肤浅”，而魏枫突然有了个可怕的念头。她问：“万一不是孩子肤浅呢？”

魏枫说：“万一我们所感知到的父爱，就是这样肤浅的呢？”

魏枫又说：“如果把父亲换成母亲，大家能想到什么？”

那就能想到更多了，比如在大冬天加班回到家，深夜，桌上仍有热腾腾的饭菜。

组长也被这个点打动了，她想做这个，讲述一个刚进社会的年轻人努力打拼，在寒冷的冬夜被热腾腾的家常炖菜治愈的故事，很催泪，很好拍，成本低，容易传播。

只要把做菜的人，从母亲换成父亲就行了。

剧本差不多敲定了，魏枫跟组监督，看导演给演员说戏。男演员的脸上刚补完妆，带着某种难以言喻的苍白。

讲戏内容主要是让演员体会：在人生的每一个关键帧里，父亲都有参与，并且扮演了父亲独有的角色。

魏枫听着听着，有点儿犯困。她回想起自己的童年，她的家长会都是母亲去的。有次她考了第一名，给她买巧克力蛋糕作为奖励的是母亲，父亲只是看着报纸，说了一句“再接再厉”。得知她考进了一本，母亲陪她欢呼，第二天告诉她：“你爸爸昨天跟朋友出去喝酒，途中听说你考中了，很高兴，很自豪……”

她从未分析过，在自己的一生中，父亲扮演了什么样的角色。如果把这个角色抽离掉，比如每天晚上，沙发上少了那个看球的男人，自己的人格会因此发生改变吗？

魏枫不知道，她不敢想，她害怕得到答案。如果这个答案被揭晓，那么，许多她所坚信的道德观，世人所坚信的爱，都将会变成一张肤浅的纸。

女人带孩子做家务，男人在外奔波养家糊口，这似乎是个完美的故事——但妈妈也上班啊，她自己也上班啊，这世上几亿人都要上班，她们都要在人间拼杀，都要养活自己。

魏枫已经不记得父亲的面目了。她只记得沙发、男人、球赛、一张半侧的后脑勺，还有屏幕发出的绿莹莹的光。正如男人从未转头正视她，想让她记住自己的脸一样。

导演在那边指挥扮演父母的男女演员入场，开始拍摄父母双方一见钟情的那一幕。剧本写得很浪漫，男女主在 80 年代的落雪路灯下因为围巾而结缘。但其实她的父母认识于单位定期组织的相亲，他们从认识到领证，可能只花了两个月。

做导演的大多性格暴躁。男演员无论如何都演不出那种让人感动的深沉感，偶像出身的男演员也没有耐心应对导演多余的要求，于是双方在剧组大吵一架，拍摄暂停。

在外面休息时，魏枫遇到出来抽烟的导演，男人疲惫地抱怨："他根本不懂什么叫父亲。眼神啊，动作啊，神态啊……这种年轻人都没孩子。这也就算了，他没爸爸？"

魏枫说："其实……我爸前段时间去世了。"

导演一愣："唉……那……唉。"

魏枫说："没事，还好。"

魏枫也点了支烟："看电视剧里，孩子都哭到撕心裂肺，但其实还好。"

导演说："其实我爸没了的时候，我也还好。"

魏枫说："可其实我外婆没了的时候我很难受，甚至我听说有个高中同学因为车祸没了，我也很难受。可能是之前经历过，所以现在习惯了？"

导演笑了笑，没说啥。他们一起回去，男演员还在和经纪人抱怨："那我爸平时也这样啊！我爸就不会做饭！"

魏枫看着他出了神，她回忆起葬礼上父亲朋友的发言，他说父亲年轻时很会做罐头菜，那时候条件艰苦，父亲会弄来几个珍贵的肉罐头，用一个小炉子，加上调味料，做成美味佳肴。几个年轻人围着炉子喝酒，打羽毛球，听手风琴，偷听不能听的电台……

那时候电视稀少，没有外国球赛直播，没有柔软的沙发和空调。父亲还年轻，是光荣的食品厂工人，他身手轻盈而敏捷，他的皮肤因为运动而被晒得黝黑。

他是个鲜活的生命，那是魏枫不曾接触到、不曾感受过的父亲。

魏枫难得打了个电话给妈妈，问了家里的情况。家里很好，只是妈妈有些无聊，她养了一只猫，是邻居家的猫生的，她每天陪猫玩。因为爸爸不喜欢毛茸茸的动物，所以她这么多年都没养宠物。

魏枫问："和他过得闷吗？"

母亲说："闷啊，但其实结婚都这么过的，就这样吧。"

魏枫说："我听几个叔叔说，我爸挺有意思的，就是我没见过他那样。"

母亲说："男人看男人都很有意思。"

母亲说："你想你爸吗？"

魏枫不知道该怎么回答。

母亲说："他毕竟是你爸爸。算了，你工作去吧。"

母亲说："父爱都是比较含蓄的。"

父亲节快到了，公司开始发力于促销活动。魏枫每天十点半才能下班，她打开视频网站，广告里全都是关于父亲节的商品推广，那些广告里，父亲和孩子们玩闹在一起，父亲上得了职场下得了厨房。她又看向客厅沙发，好像有个微胖的男人躺在那儿看球，或者用手机打斗地主游戏。

艺术创作和现实中的落差十分明显。

她打开了一个文档，复盘这次广告拍摄的效果为什么不佳。那个广告最后完全没有达到预计的 KPI（关键绩效指标），事实上，很多和父爱有关的广告，数据都以惨败收场。

产品卖不好，广告反馈也一般。她把它归结为“没有找到用户共鸣”——用户共鸣是什么？是用户看了广告，被打动了，继而将情感转移给了产品。用户为什么没有共鸣？是因为演员、台词、镜头……还是说，主题？

父爱应该是个很好的主题，尽管换成母爱会更好卖。

午休时，主管苦笑着和她聊起这次的滑铁卢，主管说：“这就说明我们团队对于父爱的解析没有‘落地’，它没有吃到下沉市场。”

魏枫说：“或者说，我们不该去吃那个下沉市场。下沉市场的用户也有爸爸，他们不瞎，他们知道自己的爸爸是什么样的。”

主管说：“小枫，你这个思路就不对，应该是我们来驯化用户，让他们觉得父亲是这样那样的，而不是去描绘他们家里的爸爸，那是电视剧要干的事，我们是广告商。”

魏枫说："用户或者说人类，他们一直都是被这样驯化的吗？"

魏枫突然意识到一个诡异的事实——孩子对父亲是有期盼的，因为教科书、电视剧、广告、宣传画、美好的谚语，这些东西包围着人们的眼睛耳朵，教导人们父亲该是什么样的。

魏枫说："张姐，你觉不觉得，其实这样很不公平。"

"凭什么父亲就要变成这样？"

主管笑了："什么呀，父母都应该是这样呀，难道你觉得，父母应该管生不管养？"

魏枫不是这个意思。魏枫只是觉得，人类社会把父母这两个角色的"人设"框死了。父母应该是多种多样的，父母的爱更应该多种多样。

魏枫说："我们小时候，是会对父母的爱有很高期盼的，那时候父母在我们眼里就是神。后来我们发现，不是，他们也只是普通人，甚至为了家庭，他们还要苦苦支撑。我们就会反感，你的能力这么差，你为什么要当父母？你当也当不好。我们会说，没通过考试的人不要当父母，穷人不要当父母。可这归根结底，是因为我们预设好了，父母和他们的爱应该是什么样的。"

人们幻想一种爱，它是无敌的、完美的，它包容，它富裕，它有始有终，这种幻想始于人们所能接触到的那些艺术作品。传承繁衍，它并不一定和爱挂钩，买一包奶粉也是爱，付一次学费也是爱，爱本身就不必那么完美和充沛。

魏枫回忆起从前父亲做的每一件事，那些事在人们眼中不叫爱，可它们是——他骑着摩托车送她去补课班，他在散步回家的路上给她买了瓶可乐，他每个月给她五百块零花钱……这些零零碎碎的实际的事情，其实才构成了她的父亲。

人为什么要把精力全部倾倒给家庭？他可以在吃晚饭的时候期待着晚上和朋友出去打牌，就好像魏枫在上班时期待下班一样。

魏枫写了一份新的企划，她想写一个真实的父亲，他不会心心念念“我要为了孩子如何如何”，他以自己想要的方式，自如地活着。

他想要一个看球舒服的沙发，他想要一个洗碗机，他想要一个扫地机器人，魏枫觉得这些会是一个男人真正喜欢的，而不是用一个框架去框死家庭中父亲该有的样子——他要整洁，要和妻子孩子聊很久，要积极主动擦地板……

有的人就是懒，有的人就是不喜欢洗碗，不只是父亲会这样，母亲也会，她们被框得更死，更刻板。可悲的是，所有人都已经接受了这个刻板印象。

“自由的父母”，这是魏枫的新企划，第一期是自由的父亲，第二期是自由的母亲。

魏枫写下了那段描写：“他们都想要一个家，无论男人还是女人，父亲还是母亲，他们都想要一个能把他们从家解放出来的家。”

家没有样子，家就是家。

这份企划在周会上被魏枫提出，然后无人响应，和其他废弃企划一样被搁置。会上的同事们还是更喜欢被框死的父母，因为会给他们无穷无尽的爱，无穷无尽的甜蜜与幻想。

主管问："魏枫，你之所以做这样的企划，是你觉得你的父母失职，你希望用这样的广告，为他们掩饰这样的失职？"

魏枫说："没有啊。"

"他很好。"

魏枫真的觉得，他很好。

CHAPTER · 12

亡具屋

亡具屋

CHAPTER · 12

爱呀河小区的下水道堵了。

工人们拧开下水道出口，发现里面堵死了，一大团质地奇怪的东西，像糨糊似的堵住了管道。

老师傅说："这得找一下物业和街道啊，肯定有业主在往里面倒啥东西。"

物业的人来了，街道的人没来。街道那边负责这件事情的小姑娘叫林穗穗，穗穗已经消失很多天了。

爱呀河小区正在做不定期的违改调查。

很多老小区隔几年会做一次这样的调查，避免住户乱拉水电线，或者违规做阳台。于是，1403 室被查到了。

严格来说，1403 室的违规，从外面就能一眼看出来。远远望去，小区里所有的窗户都是正常的，只有他家的窗户是用砖头封死的。起初大家没觉得这算啥违规，在家里砌砖头封窗又不影响邻居，看起来也没啥安全隐患。

专家解释了违规理由：如果单纯在家里用砖头把窗户封了，这确实不违规；但 1403 室是直接把窗框都卸了，砖头直接露在外头，这就算是建造新的墙体了，所以不行。

社区的人上门，但 1403 室没人开门。这样连着一个月，事情一直悬着。房主联系不上，社区的人去查水电，发现这家的水电表也动得很少。

但就在几天后的清明节假期前，社区的人想放假前再去看一眼，结果就发现，1403 室有人进出。

有人安静地进出这间诡异的屋子，他们的手里还拿着白菊花，房间里传来烧香的味道。小区里的人从未注意过这间屋子，因为进出屋子的人并不多，周围的邻居、租户也换了几批，彼此毫不相识。

社区的人问：“你们是户主吗？”

那人摇头：“我们是来扫墓的。”

他们跟着进了 1403 室。昏暗的房间里开着两盏节能灯，惨白的光笼罩着屋内唯一的一种家具——柜子。

密密麻麻的漆黑展柜挤满了整间屋子，留给人通行的过道只能侧着身过。这些展柜都是玻璃门的，年轻的社区人员看不明白那些形状各异的罐子是什么，他茫然地看了一会儿，忽然倒吸一口凉气，踉跄着退了出去。

没人知道 1403 是什么时候变成放骨灰盒的地方的。

厕所厨房都被改成了密闭的空间，整个屋子里除了柜子不放别的，一张柜子七排，放七十个坛子，总共有四十张柜子……

1403 室的住户总算联系上了，他换了新的号码。这个人把房子“出租”给两千八百口骨灰坛的家属们，每年收取他们一百五十元的保管费。

保管费在“市面”上很便宜，许多买不起墓地的家属就会把骨灰坛存过来。

消息很快传开，整栋楼里炸开了锅，居民对此都极为抵触，但 1403 室的户主还反问：“那我犯什么法了？几乎每个小区都有这样的屋子，大惊小怪啥？弄得好像人人都买得起墓地一样！”

户主叫王宣光，是个干瘪刻薄的老男人，看着很不讨人喜欢。

王宣光单身，无子女，瘦是因为糖尿病，好在他有钱，一把年纪的人了，看起来还算精神。

靠着帮人存骨灰，他大赚特赚，在 A 市还买了三套房，也做同样的生意。这次爱呀河小区的 1403 室出事，他被人骂，说他赚死人钱：“你又没有孩子，你赚那么多钱带进火葬场？”

王宣光指着人骂回去：“对啊，我死的时候就用钱当柴烧，我就算烧了也不会给你花一分钱！”

街道办的林穗穗从主任那儿得到了他的联系方式，主任告诉她要尽量和户主沟通，尽量让他将骨灰坛撤出居民楼。

穗穗的压力很大，她很年轻，二十二岁，一毕业就来到街道办工作。她是本地人，家中的独生女，白净的小圆脸上几乎是还未遭受过任何磋磨的状态。走在路上，前面有男人并排着边走边抽烟，她也不敢从旁边绕；电影院里，她全程被后面的孩子踢椅背，都不敢回头瞪一眼。

她就是这样的女孩子，没耳洞，没染发。

王宣光这样的老油条，对她来说和哥斯拉没什么两样。

穗穗的工作平时在街道办就是份闲职，只用帮忙写写宣传文、整理居民资料，以及在节假日帮忙定点礼品……这是份很微妙的工作，她早上九点上班，下午四点半就走，没有加班、没有考核，虽然工资不高，也没有升职空间，可很闲。

穗穗大学毕业时就想好了，她要找个很闲的工作。父母本来想让她去当老师或者幼教，但有个阿姨说这边更闲，她就屁颠屁颠地来了。

穗穗问主任："老师，为什么不找大爷大妈去和他沟通啊？我搞不定他的……"

主任说："这不是大爷大妈容易和他杠上吗？我们都试过了。你是小姑娘，嘴巴甜点，说不定人家也就心软了。"

穗穗战战兢兢地去了，心想着顶多挨几句骂，不至于挨打。

王宣光在另外一处住所，这套房有几个房间也一样是给死人住的，不过保留了基础的生活区域，他就和一堆骨灰坛架子住在一起。

门开了，王宣光手里拿着抹布，好像在搞卫生。

穗穗自报家门，男人很不耐烦地挥挥抹布："这不是你们小区吧？不归你们管吧？"

穗穗说："可是爱呀河的 1403 室……"

穗穗考虑了一下，决定采取怀柔政策："老先生，你一个人做卫生很累的，我帮你吧。我姓林，您叫我小林就——"

接着，她看见了王宣光正在擦的东西——他在擦那些骨灰坛。

王宣光用看傻子的眼神看向她："家属给我管理费的，那么总要管理的啊。"

王宣光的日常就是定期打扫骨灰坛和架子。雇人不方便，年纪大的老阿姨觉得这事晦气，小年轻又毛手毛脚的，骨灰坛被打碎了就麻烦了。

抹布就在眼前，穗穗傻眼了，不知道该不该接。

王宣光自顾自地去打扫了："你们这群人啊，说我赚死人钱，以后要下地狱，要我说我才不会下地狱呢，我这才叫积阴德……"

穗穗在门口犹豫，突然感觉身后有人，她回头一看，就见到一个肥胖的中年男人，手里抱着个纯白的匣子，似乎想找王宣光说话。

男人说："王先生，我又来了。我们想问问有没有位置……"

王宣光把抹布一放："没有，这里面都挤成这样了，真没位置了。"

王宣光说："你回去吧，有位置我打电话告诉你。都排着队呢，真是……"

男人诺诺地走了。

王宣光告诉穗穗："看见没，他原来寄放骨灰坛的那间屋子，和爱呀河那边情况一样，被查了。不过那人不打算干了，就让家属都把坛子领回去了。现在全在找新地方，都客满啦，没地方住啦。"

穗穗嘀咕："那放家里啊。"

王宣光说："对啊，墓地贵，农村墓地现在都快埋满了，公寄处也是。活人没地方，死人也没地方了，以后都只能搁家里——你说撒海里，几个中国老人愿意？"

他拿鸡毛掸子扫柜子顶上："以后啊，骨灰就只能往家里堆了。活人死人一起住，也没啥晦气不晦气了。"

后来，1403室的事情最后还是有人管了——王宣光收钱了，算经营，但他没有证，爱呀河小区也不是经营场地，所以1403室不能寄放骨灰坛子了。

但家属并不乐意，有几个被通知领坛子的人在门口质问："那我们放哪儿？"

爱呀河的居民和他们吵了起来："搁家里啊！现在不是倡导海葬吗？撒了呀！"

家属说："换你们你们乐意吗？你去撒啊！"

居民说："子孙没钱没本事，长辈就是走得不体面啊——咋的？给你众筹一个坟？没本事就别赖在城里，埋村里去啊！"

家属说："怎么不体面了？你说啊，怎么就不体面？那你和我说说什么叫体面？不偷不抢地活一辈子，没干过坏事，怎么就不值得一个体面了？！"

最后民警来了，把打成一团的两边拉开。

穗穗也在现场和警察一起调解。围观的人们都在监督家属们带走骨灰，像目送战俘被遣返。她听见有人议论："愚昧不愚昧？地方本来就不够用，哦，你来抢居民楼了，那明天是不是只要有空地都放？自己家人呀，怕啥？放家里啊。哎，人死万事空，现在倡导的水葬也很好的呀，干干净净！”

有许多人赞同：“我死后就让孩子给我水葬，水葬好，一把撒掉。你闷在个骨灰坛里，憋不憋？活的时候困在个小房子里，死了就要海阔天空的嘛。”

也有文化人来做总结：“家属有的时候，其实非常自私，只管让自己心里的道德感满足，这其实是很可悲的，因为从无神论角度来说……”

穗穗安静地听着，每个人的话都是那么有逻辑有道理，可每个人的话又都让她觉得说不出的怪。

705 室的老纪被拉来一起看热闹，他讨厌人挤人，就靠在窗口边抽烟。几个平时一起下棋的老头拍拍他：“老纪，你想好以后怎么样了吧？”

老纪吐了口烟：“水葬呗。钱都在活着的时候花掉。”

老头们哈哈大笑：“你算看得开。”

老纪也跟着笑笑：“就麻烦个人替我撒了。”

老头说：“水葬也分咸水淡水的，咋样，咱们以后组个队，一起撒太平洋，出国开开眼？”

老纪摇头：“那不成，洋海鲜吃不惯。”

老纪说：“国内挑个地方就行，留个遗书给邻居，让他给我撒黄沙江。”

老头问：“黄沙江在哪儿？G 市黄沙？”

另一个人骂他：“丢人，那是人家 H 市的母亲河，金银富贵乡啊。”

老头说："哎哟老纪，H 市哎，你会享受的呀。"

老纪掐了烟，走了。

有个来找王宣光的人和老纪擦肩而过，那是个肥胖的中年人，跑得满头大汗。看见爱呀河 1403 室被查封了，胖子呆呆地站在原地。

穗穗总觉得他似曾相识，想了一会儿，想起曾在王宣光家门口见过他一面——那时，他抱着母亲的骨灰盒，求老人"给个位置"。

这个男人叫何宝。

何宝从小就窝在家里的杂货店中。

在一段短暂的年岁中，家里有间小杂货铺是件十分令人眼热的事情。那时候还没那么多便利店，居民购买日常杂物大多仰仗这些杂货铺。

何宝在母亲的宠爱下长大，他想好了，长大后就继承家里的杂货铺，生活也就足够了。

但是在他长大的这几十年里，社会变了。便利店和网购风靡全国，杂货铺变成了一个积灰的地方。他们一家的住处和铺面是连在一起的，租都租不出去。

何宝不聪明，不擅长读书，他从前考试考得不好，老师也不在乎："其他人都给我好好背单词。何宝家里有杂货铺的，你们家有吗？"

何宝帮人干杂活，但身体虚。他没文凭，没能力，每天坐在杂货店里，看着商品一箱箱地积灰。母亲还在躺椅上说："你担心啥，你有个杂货铺的。”

后来母亲去世。何宝发现，家里连下葬的钱都不够了。

街道的人看着那团奇怪的堵塞物，看了半天都不知道那是啥。

但万一有人恶意倾倒呢？他们先是贴了告示，然后再把堵塞物送去鉴定。鉴定结果很快就出来了，这下把警方都惊动了。

那堆堵塞物，是骨灰。

骨灰、水、水管污物的混合体，就像胶水一般，死死地粘住管道。

有人当场就骂了出来：“王宣光！肯定是王宣光！”

王宣光的1403室被查了。何宝本来要找他的，却遇到这一遭。

有家属抱着骨灰坛，骂骂咧咧地往外走，也有家属彼此打听：“你晓得哪里还能放吗？你有路子吗？”

有人问何宝：“你有吗？”

何宝不知该怎么回答。那人又去问其他人。

忽然，何宝叫住他。

何宝说：“我家离爱呀河不远，是个铺子。”

下一秒，呼啦啦的，所有家属都围了上来。

何宝把他们带回了自己家的杂货铺，铺子很旧，全是灰，无人问津，但它并不在居民楼里，而是在小区外侧的楼间过道。这就意味着，如果在这儿寄放骨灰，没有居民会发现。

三个月后，何宝的账户里，第一次出现了五位数的存款。

下个月的存款还会有更多，这些家属会告诉其他没地方放骨灰的朋友，让他们都来何宝这儿寄放骨灰。

王宣光的架子上，骨灰坛一个隔一个，再拥挤也没有互相碰到。但在何宝的杂货店里，骨灰坛用那种装玻璃啤酒瓶的开放式箱子装着，满满当当地垒在一起，填充了整个小仓库。

家属如果要祭拜，就只能去对应编号的箱子前，他们只知道自己家的骨灰坛在里面。

有一天，有家属要从他那儿取回坛子。何宝和他聊了聊，才知道王宣光转移了阵地，又弄了间屋子做生意。而且用这方法生财的人越来越多，“行业竞争”渐渐激烈。

何宝混进他们的聊天群，锁定了几个地址，然后打电话举报。那些家属很快又只能带着坛子回小卖部：“又被冲掉一个点！”

何宝的生活已经有了着落，但他突然意识到，干这行的都是狠得下心的、脑子最活络的人，自己是没法和他们比的。

如果不跟上他们，现在的生意，就会像当年的小卖部一样，被抛弃在时间的后头。

因为距离近，他首要狙击的就是王宣光。

如今老王被两面夹击，一个不知名的敌人在举报他，一个用撒娇来抢夺优势的林穗穗想感化他。

没错，林穗穗开始主动出击，想说服王宣光，把“生意”撤出居民楼。

王宣光说：“你疯了小姑娘？我现在都不在爱呀河小区了！”

穗穗说：“可是我们街道也不只管爱呀河小区啊，我都听说了，你换了个地方……”

王宣光暴怒："搞了半天，是你举报我？！"

穗穗愣住了："啊？不是，不是！"

王宣光盯她许久，看她也不像敢说谎的样子。

穗穗问他："老先生，你为什么做这行？"

王宣光说："为了钱，不然呢？"

穗穗说："你赚了很多呀，但你好像也没花钱的地方……"

王宣光说："你会嫌钱多？"

穗穗愣了一下，虽然平时开玩笑许愿一夜暴富，但她很清楚自己没这个命，也不知道暴富后要做些什么。

穗穗是真的困惑："但是，要那么多钱干什么呀？"

王宣光又开始盯着她，但这次是有点无奈的目光。这个本地的独生女，从小在父母长辈的呵护下长大，在家门口的学校上学，老师说不定也是住在附近的邻居。

她的脚底是柔软的、洁白的，没有在路上踩到过一颗小石子。

穗穗是真的在等待一个回答，要钱干什么？

她没觉得名牌包好看，也没觉得鱼翅鲍鱼是什么美味。在爱与呵护下长大的孩子，她的物欲低到惊人。

她从原来一想到王宣光就反胃，变成了没事就去找他，反正街道也是真没事，就这么去着去着，两人的关系也渐渐缓和了起来。

王宣光平时最常住的，是市中心的一套复合式上下层。房子的装潢出乎意料地家常，既不是暴发户，也没有啥和生意沾边的东西。

这是一个很温馨的家，王宣光请了欧洲设计师，用大量原木和石块做了室内布置。

可是核心元素还在，在客厅那张用百年木桩雕成的桌子上，摆着两个骨灰坛。

但也仅有两个。

穗穗受邀过去吃晚饭，王宣光让她随便带朋友来，他怕她不敢来："我这种人和你这样的小姑娘一起吃饭，回头你讲不清楚的。"

穗穗带了自己的男朋友，也是圆圆脸、戴着圆圆的眼镜、微胖、很和善的年轻人。

王宣光在厨房烧鲍鱼："你们般配的，换个人就得欺负她了。桌上的东西你别怕，那是我的好朋友。"

男友早有心理准备，连忙点头。

穗穗说："我还以为只会把家人摆家里呢。"

王宣光笑呵呵地提着锅盛菜："我没有家人的。我是被送掉的。"

穗穗问："啥叫送掉啊？"

从前人们养不起孩子，就会把孩子送养给没有孩子的夫妇。王宣光就是这样被送养的，但是养父母后来意外地有了自己的孩子。

坛子里长眠着的，就是他没有血缘的弟弟。

算是家人吧，但养父母的骨灰就被他远远地送去墓园了。他舍不得弟弟，弟弟舍不得他，于是，弟弟的骨灰就留在了家。

穗穗的直觉认为，养父母对他不是很好。但王宣光没有再提。

几个人坐下吃饭，话题围绕着两个小朋友啥时候结婚。聊着聊着，穗穗突然问："王叔，你为什么不把这个做成正经生意呢？"

王宣光说："我偷了抢了？哪里不正经？"

穗穗解释道："就是……弄个专门的铺子，弄个执照，条件打扫好一点。"

"其实我们附近就有这样的空铺子……"

王宣光反驳她："但我成本高了啊。"

穗穗不说话了。

王宣光问："我碍着他们了？"

穗穗解释："他们会不舒服。"

王宣光说："这个世界就是这样的呀，小姑娘，我有钱，我买房，我放什么他们都没资格管，他们有本事就去买其他地方的房。这个世界，是有钱人说了算的。"

穗穗摇头："不是的。"

她也不知道该怎么说，可就是觉得，这是不对的。

王宣光喝着酒笑了，他觉得，穗穗还是孩子，一个没吃过苦、没被现实教育过的孩子。被现实教育过，就会知道，没有钱不能解决的问题，只有钱不够而无法解决的问题。

王宣光喝了点酒，看向旁边桌上的两个骨灰坛。穗穗的男友小心地问："王叔，一个是你的弟弟，还有一个呢？"

王宣光说："还有一个是我的。"

"等我死了，我就和他做个伴。"

王宣光忽然想起，自己是怎么进入这一行的。

弟弟因为主动脉瘤突然去世，很突然，前后不到十五分钟。在送去医院的路上，人就静静地没了。

王宣光性格刻薄，看一切都不顺眼，除了弟弟。因为养父母那时候琢磨着要把他赶出去，只有弟弟求爸妈把哥哥留了下来。

弟弟走了，他不舍得把骨灰送走，抱回了家，呆呆地对着桌子坐了整整两天。是真的两天，这两天里，男人像一座木雕，不吃不喝也不动，只是怔怔地对着坛子。

他和弟弟的年纪差很多，既像兄弟，又像父子。一时之间，王宣光想过“随他去了”。

又有人告诉他：“你弟希望你好好的，希望你长命百岁，子孙满堂。”

刚好那时候，邻居家有老人去世，可他们家里穷到买不起墓地，甚至没钱把骨灰放到公租处。于是，王宣光想，索性把老人接过来，给弟弟做个伴。

都是邻居的家人，都是知根知底的，放弟弟的骨灰也是放，放别人家人的骨灰也是放。

邻居不好意思，要给他一点钱，王宣光说：“这样，你们意思意思，每个月给我十块钱就行了。”

就这样，一切开始了。起初他并不是为了钱，只是想弟弟有个伴。

有人在倾倒骨灰，从爱呀河小区九楼的晒台下水口。

九楼晒台是片公共区域，原则上是谁都能上去。警察已经来了，在排查嫌疑人时，有前科的王宣光首先受到怀疑。

但是，王宣光也失踪了，谁也联系不上他。他的手机关机，几个住处也没人。

没有他的机票或者火车票的购买记录，私家车也都还在。

街道办提供了线索，穗穗可能在做触及王宣光利益的事——林穗穗在联系有资源的大学同学，想在公园附近办一个正规的骨灰寄存处。

公园其实是一块严重被低估的地盘，早些年，小公园里面都有小卖部或者小店，甚至是纪念品店、游客休息区，但其实会来的人很少。她和同学在商量，能不能把它们改成祭奠的区域。

本打算养老到退休的林穗穗，最近在写计划书。这件事的希望很渺茫，她只是个街道办的小杂鱼，这份计划书，要从街道报到区，从区报到市，中间一层一层，随时可能被打回。

她也在联络那些和王宣光做同样事情的人，想收集他们的意见，包括家属的难处。街道办的老人们觉得这事儿办不成，但她们也没阻止穗穗。

她们觉得这是个很心善、很单纯的孩子，如果世上的事情都能如林穗穗所愿，那将会是一个很好、很好的世界。

好孩子应该有一些任性的权利。

何况，王宣光在一周前有个医疗就诊记录，他糖尿病病情有些反复，导致视力模糊。一个病中的老人，似乎不太可能伤害到年轻的林穗穗。

穗穗在收集经营者意见时打听到了何宝。

何宝把骨灰坛都摆在杂货铺里，就像堆砖头，密密麻麻地垒着。他自己租了房在外面住，并不算大的铺子里面彻底成了骨灰的世界。

穗穗跑去找他时，他正巧在铺子门口，怀里抱着个纸箱子。不知为何，看见有人来，何宝很惊慌地抖了抖，快步往远处去了。

穗穗叫住他：“我们见过的！帅哥，我有话跟你说！”

可是何宝越跑越快，这个浮肿虚胖的男人显然不擅长跑步，绊到树根摔倒了。他怀里的箱子也飞了出去，灰白粉末撒了一地。

穗穗其实根本不在意那是啥，她以为是调味料：“你没事吧？跑什么呀，我有事跟你说……”

何宝不安地看着她。林穗穗毫无所知，自顾自地与他说着自己的计划。

穗穗喘了口气：“呼，你觉得怎么样？”

何宝说：“啊……啊？这个……我没听太懂……”

穗穗急了：“很简单的，你哪儿不懂，我跟你解释……”

何宝说：“这样！你跟我回铺子那儿，坐下慢慢说吧，顺便喝口水……”

穗穗急着想听他的想法，不假思索地就答应了。她跟着何宝回到小卖部的卷帘门前，他抬起铁门，带着她进去。

就此，林穗穗失踪了。

林穗穗最后的行踪，大概是在那片区域。但警方针对王宣光的调查显示，他失踪前也去了那片区域。

就在这时，警方接到了家属报案——有把骨灰坛寄存给何宝的家属报警说，何宝不让他们去小卖部看坛子了。

其实一开始，警方还没有把两者联系到一起。当他们赶去小卖部时，看热闹的人已经围了里三层外三层。附近居民其实隐约猜到何宝拿这间小卖部干了什么，只是一直治不了他。

居民说：“警察同志，我告诉你们，这不是第一次了！前两天也有人来找他吵！是个老头！”

那个老头就是王宣光。

王宣光心思细得很，早就锁定了何宝。那天他去找何宝理论，何宝不在，老头在门外骂了半天，见卷帘门忘了上锁，就进去了。

现在，门被锁死了。警方问围观的人：“有没有人认识何宝，能联系上的？”然而没有，何宝的手机关机了，店里也没有人。

忽然，远处有人大喊：“欸，何宝，你缩在那儿干啥？！”

何宝就躲在远处树后，惊恐地看着人群。警察朝他走去，他转身就跑。这次他甚至没有跑开几步，就被民警一把按倒在地。

从何宝的铺子里，警察找到了穗穗和王宣光。

两人都被塞住嘴、绑住手脚丢在地下室的骨灰坛中间，穗穗还有些意识，王宣光已经很虚弱了。

穗穗到现在都不知道自己为什么被抓。其实是因为她看见了何宝箱子里的东西——他摔跤时，箱子里摔碎的是几个骨灰坛。

何宝的杂货铺空间终究有限，他不舍得拒绝那些新的家属，又没有足够的钱拿下新的房子，于是，他想了个鸠占鹊巢的办法——

那就是把原来骨灰坛里的骨灰倒掉，灌进新的骨灰。

从前的家属只认坛子，新的家属只知道骨灰在某个坛子里。

但是，何宝不敢把这东西倒进家里的下水道。怕报应也好，怕警察也好，总之，他跑去爱呀河小区的晒台倾倒了骨灰。

就算这事被查出来，王宣光也会首先遭受怀疑。

风波告一段落。爱呀河小区的老头们一如既往地聚在花园里下棋打牌。

老头们纷纷感慨，现在当个人可真不容易，死都死得胆战心惊。

去世之后，后代会怎么对待自己？管理骨灰的人会怎么对待自己？人这一生，活的时候再如何身不由己，都不如死去后的无奈。

不过大家热衷的话题很快变成了“幸运的穗穗”——林穗穗和男友的结婚典礼，王宣光也坐着轮椅参加了。在致辞阶段，他向来宾宣读了一个消息——

王宣光决定把遗产留给林穗穗。

CHAPTER · 13

大婚

大婚

CHAPTER · 13

1

住在爱呀河小区 406 室的徐珠玉忽然发现，下个月的三号，自己就要满三十岁了。

她下了班回到家，父母已经吃完晚饭了，都坐在沙发上看新闻。父母给她留了些饭菜在桌上，不过都冷了。

徐珠玉一般会在公司食堂吃晚饭，回家再随便叫个夜宵。她倒掉冷菜，回了自己房间。房间里的东西几乎涵盖了之前所有的年龄层用过的，像个叠了太多层的千层蛋糕，让人看一眼就没有了食欲。

徐珠玉从小就住在这间房间里。

这是间老房子，不大的房间，隔音很差，推开窗可以看见灰扑扑的街道。标准老街区的配色也影响到了这里的住户，每栋楼里住的人都是差不多的打扮，谁都懒得找新的颜色。

房间的墙面上有斑驳的裂痕，差不多到了该重新装修补刷的时候。

徐珠玉玩了会儿手机，躺在床上，看天花板角上的霉斑。那里贴着一张卡通贴纸，是她小时候用杂志赠送的公主贴纸贴的。

那时候她的个子还很矮，要踩着书桌才能碰到天花板。

小时候，徐珠玉喜欢所有公主元素的东西，就像妈妈夸赞她的那样："我们珠珠是个小公主。"

在徐珠玉父母的眼里，自己女儿确实是个公主——本地的女孩子会在本地读书，上高中，上大学，找个体面的工作；然后在二十四岁之前结婚，女婿必须也是本地人，两人再生个孩子。

在父母的标准里，这是公主的一生，只要自己的女儿没有走上歧途，这就是她理所应当的优渥人生。

徐珠玉的性格里有些倨傲，尽管她的父母只是普通职工，但她仍然坚信着他们的"公主说"。公主的搭配只能是王子，不能是其他的阿猫阿狗。

徐珠玉叫的夜宵到了，她起身去门口拿。妈妈叫住她："我有个老同学的儿子……"

徐珠玉摆摆手："不见。"

妈妈说："他挺好的，见一面吧。"

父亲不耐烦地说道："哎呀！她不想见就不见！别管她！"

徐珠玉从不答应相亲。

她没谈过恋爱，但也绝对不肯屈服去相亲。不知道为什么，相亲给她一种很难堪的感觉，就像超市生食区过了晚上八点开始打折甩卖。

女孩子基本都经历过这个阶段，大部分是在读书时，觉得相亲是和自己扯不上关系的词。这个年纪的女孩大多觉得爱情会自然而然地发生，并且以男性的追求作为固定的开始剧情。

但从徐珠玉的角度，这个想法并不算可笑——她长相清秀，会打扮，就职于一家中型金融机构。在她看来，自己是能挑一挑的，毕竟那些比自己条件差的女人都有了对象。

每次她说这样的话，闺蜜李茹茹就会叹气："你不能这样比。"

李茹茹说："珠珠，如果你现在还想找人结婚，我给你的建议就是去相亲。"

徐珠玉不以为然："谁要结婚？没遇到看对眼的就不结，婚姻又不是必需品。"

李茹茹说："对啊，没人说婚姻是必需品，所以你到底想不想结婚？"

徐珠玉摇头："我没觉得要结。"

李茹茹叹气："那你和其他人比什么？"

如果真的不想结婚，人就不会去比较。真正不打算结婚的人，其实是不会盯着身边人谁结婚谁没结婚的。

李茹茹能看出徐珠玉的尴尬——珠玉一直以为自己在婚恋市场上还有优势，一直不想被年龄抛下；可她又觉得坦白这一点是羞耻的，放不下身段去释放求偶信号，只能硬着嘴说"不想结婚"。

李茹茹劝她："珠玉，时代变了，其实女方不必这么矜持的。"

徐珠玉说："时代变了，结婚也不是必要的啊。我老了之后找个小男友也是一样的。”

李茹茹抿嘴笑了笑，低头喝茶。网上有许多花里胡哨的段子，什么有钱姐姐找小男友，这样做的前提也很简单，有钱。

要有钱，有许多许多的钱，才能挥霍到老。而以徐珠玉的条件，其实是可以被推算出她到退休能攒下多少钱的。除非中彩票，不然这种生活应该和她是无缘的。

李茹茹很擅长劝女客人放弃幻想，这是她的工作。只是对于朋友，她觉得还是顺其自然比较好。

她是国内一个新兴的相亲软件的创始人。很多平台会把相亲包装成“交友”，用来减轻用户对相亲的抵触感。

但李茹茹不这样做，她上来就目标明确地说：“我们是个相亲平台，并不兼具交友功能。”

在刚开始创业的时候，徐珠玉没少泼她冷水，理由都是类似“年轻人都不会去相亲”这种。徐珠玉是个很有自信的人，她从小就觉得，自己认定的事情一定是对的。

李茹茹有时经过徐珠玉住的老街区，抬头看看那蒙满尘灰的外墙，会觉得它就像是一个个陈旧家庭的集合体——这座城市的老城区大多住着本地人，这些家庭往往错过了几次跃升的机会，没能搬出去，结果就是全家一辈子被困在了这老屋子里。

老人们和时代开始脱节，认定自己掌握世界；孩子们会抱有美好的幻想，最终随着不断碰壁，开始和自己的父辈一样决定继续蜗居在老房子里。徐珠玉是个很有趣的矛盾体，她相信她父母口中的自己是公主，她也相信父母们的时代观念已经过去。

李茹茹遇到过不少这样的客人，自命不凡，但又隐约感受到，自己的机会在飞速流失。

2

这个周四发生了一件事——徐珠玉的 HR 找到她，通知她被开除了。

三分之一的人都被裁了，都是当天谈，当天走。她脑袋嗡嗡的，等反应过来，已经抱着纸箱子，站在公司楼下了。

李茹茹陪她吃晚饭，不以为意："再找就是了，你又没背房贷。"

她还很贴心地提醒闺蜜："社保记得别断了。"

徐珠玉还在骂公司。火锅都冷了，浮起一层厚厚的牛油。

李茹茹说："要不然来我这儿吧。"

徐珠玉说："我对牵线没兴趣。"

李茹茹心想，也是，要是她们真的变成老板和下属，说不定会闺蜜变仇人。

她托腮看着玻璃窗外，闲闲地听徐珠玉的骂。旁边有客人皱着眉头看过来，觉得珠玉太暴躁，可李茹茹倒觉得，这样的珠玉还挺可爱的。

骂了一会儿，再玩一会儿手机，徐珠玉不知看到了什么，又大喊："好可爱！"

于是她又把老板忘到脑后，开始考虑买新包包。她有很多包，但都不是什么名牌，很便宜，一堆包都是造型稀奇古怪的，没法背出去。

李茹茹忽然想到什么，对她说："你来我这儿上班，平时背什么包都行。"

在金融公司工作得穿工作装，不能做夸张的指甲和头发。不过李茹茹那边不管，互联网公司，什么打扮的人都会有。

徐珠玉这次没很快摇头，而是想了想，说明这一点对她是个很大的诱惑。她的父母望女成龙，从小对她管得很严，告诉她只要好好读书以后就会什么都有，上大学之后想怎么打扮都行——但事实是，等工作之后，所有打扮的欲望都会烟消云散。

就算是大学，徐珠玉的"想怎么打扮都行"也只停留在买网上便宜的网红款。很多年轻人都会在某些时刻做这样的事，企图用很少的钱买到浮华的体验。

很快，这些东西就变成了体积庞大的垃圾，占据着老房子里本来就不大的储物空间。

徐珠玉嚷嚷着要逛街散心，于是，李茹茹开车带她去了市中心的商场。高奢店门口拉着排队线，衣着光鲜的人把队伍积攒成长长的一条。两人排了很久的队才排进去，旁边有两个大学生年纪的女孩经过，对着这条队伍惊叹，不明白为什么今天排队那么长。

好像今天品牌有新品发布，来排队的人都是特意来的，反衬得临时来的人排得可笑了。

李茹茹问："都排那么久了，想好要什么款了？"

徐珠玉说："随便看看。"

高奢店的柜姐一听，便知道她们不是要紧客人，去跟其他的客人了。徐珠玉逛了几圈，觉得没意思，什么都没买就走了。

出去的时候，有人叫住李茹茹——李茹茹回头，见是自己的合作方，麦格。

麦格认识珠玉，和她们打招呼："你们俩又出来逛街啊？"

徐珠玉说："我丢饭碗啦。"

麦格说："来我姐这儿啊。"

徐珠玉说："我才不去，劝人结婚有啥意思。"

麦格说："你来了就知道了，可好玩了！"

珠玉说着"不去不去"，但人却没走。麦格又逗了她一会儿，想找机会和李茹茹说几句。

徐珠玉笑着说："你请我们喝奶茶呀！"

麦格立刻接话道："走呀美女。"

李茹茹摆摆手："你们喝吧我不能喝。"

徐珠玉拉着她说："你每次都这么说，至少今天陪我喝吧？"

奶茶店里，麦格替她们买了单，在对面坐下。他给徐珠玉分析了一通来这边工作的好处，虽然每个好处都会被她找借口推回去，但李茹茹在旁边喝茶看着，感觉她已经动心了。

自己劝就劝不来，但麦格却劝得动——她又想起公司里的客户情况，相亲平台的男客服很稀缺，但这些稀缺男客服的成功率总是高于女客服。

晚上十点，珠玉终于逛累了。李茹茹开车送两人回去，麦格和她聊了一路，夸她其实很有竞争力，自己可以给她介绍几个同学……

他是说笑的，但徐珠玉听得很认真。

李茹茹先去老城区把珠玉放下，再送麦格。车上只剩两个人，麦格松了口气：“你这闺蜜真可爱。”

李茹茹说：“像小孩。”

麦格点头：“对，没长大一样，脑袋里还挺多幻想的。”

李茹茹笑笑：“这样不挺好的？”

麦格正色道：“我想和你谈谈那个业务……就是咱们上周聊了一半的那个……”

他没再聊珠玉。

李茹茹把人都送回去后回了家。她卸完妆洗完澡出来，看见珠玉给自己来了消息，想问问她能不能来这边工作。

3

徐珠玉来的第一天，李茹茹带她去开会。会上大家讨论怎么进行用户细分，比如说，职业和职级看起来是越高越好，但是不是应该和用户年龄做个挂钩？

还有就是，平台能不能进一步解决女性用户有矜持距离感的问题，替她们向心仪的对象做表示？

徐珠玉听不懂那些黑话，什么“总分”“A女”“B男”之类的。不过她学得很快，说白了，相亲软件就是把用户包装成商品，做好分级和标签，然后去吸引其他用户。

A是最高级的，F是最底层的。F级用户被定义为“流量用户”，类似于那些偶尔误入奢侈品店的客人，只能看看满架子的商品，在销售柜姐凑近问“先生/小姐你想要什么”时，唯一的回答是“随便看看”。

她用胳膊肘戳戳茹茹：“为什么要错级配对？把 A 女介绍给 B 男，B 女介绍给 C 男？”

徐珠玉不解：“男人哪儿那么吃香？”

李茹茹解释道：“不是因为男人吃香，是为了给用户选择感，还有就是教育用户的局势观，简而言之就是让用户放弃幻想。”

徐珠玉问：“什么幻想？”

李茹茹说：“在相亲平台上找到 A 男的幻想。”

相亲平台有 A 级女用户，没有 A 级男用户。所有的策略，都是针对 A 女用户来设计的，她们既是平台最优质的客户，也是最优质的橱窗。

这套做法每个相亲公司都在做，但李茹茹的团队做得最好。李总有一套很巧妙的思路，用来点对点处理这些年轻的优质客户，既不会像传统相亲介绍那样逼人付天价的会员费，也不会让客户感觉自己变成了待价而沽的商品。

午休时，两人下楼喝咖啡。这个商业中心是在老城区改建的，中午能看见很多老头老太太带着小孩子，在百货商店里溜达。

很多同事也会在这儿打发时间。几个女同事手挽手地从西餐厅走出来，都是刚来不久的新员工。徐珠玉心里在想，这些小朋友刚进来，每个月拿多少工资？

就算每天不吃早饭，这样的餐厅里午饭的人均价格是 60 元到 100 元；晚饭随便吃点，可能 50 元，算下来一个月就是三四千的餐费，加上交通、房租、购物……

这些女孩子怎么存钱？她看向李茹茹：“我们这儿工资算高

的吗？”

李茹茹知道她在想什么。很多员工都知道有工资保密协议，但珠玉拿她当闺蜜，就直接问了。

李茹茹说：“每天在这种地方上下班，人很容易会觉得，自己就该过这样的生活。”

她们俩对这片地方的感情都很复杂，毕竟是老城区改造的区域，从小待了好多年。记忆中这里本还是平房小巷，忽然拆迁了，就变成拔地而起的高楼。

当年李茹茹家被划进了拆迁区，刚好是房价飞升的那一年，一街之隔的徐珠玉家就没有。当时很多人都说，下一期就会拆迁这片老房子了，徐珠玉的父母都在看新楼盘了，结果就这样等着等着，一直没拆。

徐珠玉在新公司的头一周就和组员吵了起来。她执意要用自己的判断去安排地推活动，想去老城区拉新用户，理由是“你们不知道老城区有多少潜在富豪”。

没人想把有限的资源浪费在老城区，那里的居民其实共同特征很明显，并不是他们的目标用户。

徐珠玉跑去和李茹茹告状。李茹茹停了视频会议，坐在办公室里听她滔滔不绝。等她说累了，李茹茹就起身拍拍她的肩：“去楼下买杯咖啡吧。”

咖啡店里，徐珠玉的情绪还是不太好。她从小就喜欢和人争辩，而且必须要证明自己是对的才能罢休。

李茹茹上来就抚平了她的奓毛：“你的想法没错。”

徐珠玉说："对吧？我觉得我的策划又省钱又能起效果，老小区里很多大龄单身青年啊。"

李茹茹附和她："是。"

徐珠玉继续说她的理论："不能因为年纪大了，就给他们那么低的用户评级。相亲的客户是不是优质客户，不能单单看年龄的。"

李茹茹欲言又止，最后说："你说得对。"

旁边传来一个带笑的声音："那不然看什么？"

麦格走了过来，拉开李茹茹身边的椅子坐下。他刚好也在咖啡店见客户，刚把客户送走。

麦格提醒徐珠玉："珠珠，相亲平台上的评判标准里，年龄是第一顺位哦。"

徐珠玉看向他："你什么意思啊？"

麦格说："别管什么身高体重颜值收入，年龄是人类在选择对象时永远的潜在第一顺位标准啊。"

徐珠玉笑了："那我这种就彻底没机会了啊？"

麦格顺嘴道："你不一样，你们是仙女。"

珠玉被逗得哈哈大笑。李茹茹抿了抿嘴唇，没打断他。

气消了，人也回去上班了。麦格留李茹茹在咖啡店里再坐一会儿，说有事要聊。

麦格看着那人离开的背影："姐姐，能给你小姐妹搞个闲职吗？别碍事啊。"

李茹茹说："她不是挺努力的？"

麦格撇撇嘴："她是傻子吧？"

李茹茹叹气。自己的闺蜜带着种不自知的傻气，她也清楚。

麦格建议李茹茹：“她这个能力还不如个实习生，找个应届的比她好使多了。”

李茹茹冷笑：“关你什么事？”

李茹茹给徐珠玉配了个小团队，让徐珠玉去老城区里执行她的市场策划案。经历了一周的努力，虽然徐珠玉靠着亲友的照顾拉了几个新用户，但她们都是注册后就不会再打开平台的无效用户。

那个和珠玉吵架的女组长已经靠着在几家大厂园区附近组织茶话会，拉了几百个潜在优质客户了。在每月汇报时，她提到自己的战略就是“铁血无情”——只针对大厂的员工，只针对二十八岁以下的客户，只做中偏上颜值客户的介绍。

女组长在屏幕前放了几家互联网大厂的员工画像：这些人找工作以大厂为目标，就说明他们很清楚自己要的是什么。对他们来说，同类型大厂的员工或者同事是非常安心的恋爱对象，工资能凭工龄估算出来，身家背景在进公司时就由公司做了调查，避免被骗的可能……

会议结束了，徐珠玉走在李茹茹身后，走着走着，突然哭了出来。她问李茹茹：“做市场的员工怎么可以用公司的钱请客户吃下午茶？”

李茹茹说：“可以的。在一定的区间里，公司给他们这样的自由度。”

徐珠玉反复念叨“怎么可以”，没人告诉过她可以这么做，她觉得这不公平。

她在洗手间里关上门哭了一会儿，一天都没再和李茹茹说话。她觉得闺蜜没提前告诉自己全部的“游戏规则”，这是非常过分的。

但光哭也不行，至少要在她挑选的地方拉到一个优质客户。第二天，她决定去老城区，试试看能不能拉拢客户关系。

她的上一份工作是金融公司的产品业务员，做了很多年都还是基层，她和父母为此找过许多的理由，比如没有关系、没有背景……

对于当了一辈子柜员的母亲和只有初中文化、做出租车司机的父亲来说，能考上大学的女儿根本不可能欠缺能力和智力。

4

徐珠玉带着实习生去爱呀河小区。这里从前有条河道，后来被封死，这几年政府做市容环境建设，又要重新挖开。

实习生说，最近这种老城区在网上很红，有不少人租了老房子，在里面开奇奇怪怪的小店。

实习生羡慕地看着爱呀河小区：“这种老房子现在都一千多万呢，租都很难租。”

徐珠玉从窗口拿了几杯咖啡，带着她往小区里走。老城区的布局和蜘蛛网似的，里面开了许多小店，大多是猫咖和二手店。

她约了楚文豪。楚文豪是小区住户，她的邻居。他上次帮她喊了不少朋友拉业绩，给珠玉留下了很深的印象，感觉就是个很能张罗、人缘很好的胖子。

等楚文豪的时候，麦格在工作群里发了消息。麦格是公司的重要合伙人，相当于半个老板。

也没说什么重要的事情，就是一些职场夸夸，他把这次的几个月报都夸了一遍，就算是徐珠玉那个惨不忍睹的业绩，他都说“点赞，加油”。

徐珠玉笑着回复他几个表情包：“打工不易。”

实习生好奇地问：“麦格好像和姐姐很熟哎。”

徐珠玉有些骄傲：“那是，我和茹茹是闺蜜啊，他知道我的。”

实习生八卦道：“他有女朋友吗？”

这个问题徐珠玉就不知道了，没听人提起过。她其实很想知道，但就是不好意思问——一问就透露出来自己的心思了，弄得像是她自作多情。

她正盯着群里看有没有他的新消息，对面楚文豪就来了。他还是胖乎乎的老样子，笑得很无害。

徐珠玉看着他，觉得他长得很搞笑：“欸，你如果来我们平台上找对象，简介里要写个‘搞笑男’。”

楚文豪也不介意：“肥肥怎么了，肥肥超级善良的好不好！”

徐珠玉哼了一声：“胖子更容易有心理问题啊，颜值时代，不受欢迎的人特别容易抑郁。”

楚文豪被她说得有点不是滋味，但因为素来厚道，也没说什么，去点了几块蛋糕，请珠玉和实习生吃。

她们都笑：“不行不行，要戒糖！”

徐珠玉嗔道：“再吃下去就和你一样胖啦！”

楚文豪跟她一起笑，他时常被人取笑体形，都习惯了。

他又给她介绍了几个客户，但珠玉很不满意，不是觉得太丑就是觉得太穷。

徐珠玉抱怨他:“你给我介绍的这些人怎么推销得出去啊?”

楚文豪说:“那普通人都差不多这条件啊!”

徐珠玉说:“给我来点单身精英好不好?我这样的。”

楚文豪说:“大姐,单身精英也用不着你当媒婆啊,人家自己就是吸铁石。”

徐珠玉很不满:“谁说的,我同事都找大厂的员工当客户,一凑就是一对。”

她不服气,一边发消息问麦格:“我能不能也去大厂或者购物中心那边拉客户啊?算不算内部竞争啊?”

他回了个惊叹的表情。

她以为会继续有其他消息,但这个表情包之后,麦格就再没有回复了。

徐珠玉回了家,躺在床上,看天花板那一角的公主贴纸。最近要三八节大促销,所有购物软件上都飘着相似的文案——做自己的公主。

徐珠玉突然想起什么,打开了之前的客户群。她开了个群,把加过的客户都拉了进来。她在群里发了卖萌表情包:“祝大家三八节快乐!永远都是小公主!”

有男客户问:“那我们男的呢?”

有人回:“男公主。”

群里笑成一片,其乐融融。那天,直到深夜,群里都还有消息弹出来。珠玉很满意,她想,说不定明天早上,就会有成双成对的客人在群里宣布牵手了。

她临睡前还看了一眼麦格几个小时前的消息，给他发了个表情包，说："还在拉客户。"

麦格也没有回消息。她想再等等，于是看了会儿微博、微信，又看了会儿视频，不知不觉到了凌晨三四点。公主该睡觉了，睡在天鹅绒的枕头上，徐珠玉抱着枕头，心满意足地睡了。

周一上班的时候，她在会议室里看见麦格和李茹茹在拍着桌子争吵。李茹茹平时声音不大，但在工作决策方面态度非常强硬。

他们在争论该给用户什么样的体验感，这将决定平台调性。比如传统的相亲平台上，用户就是"普通人"，找的也是"普通人"，就像一个萝卜找个适合自己的坑。

但如果要做面对年轻人的新型平台，这个套路就行不通了。这一代二十二岁到三十五岁的人，很多都自我意识非常强烈，他们不接受自己生而普通，甚至觉得去相亲都是纡尊降贵。男方还好，女方几乎不可能主动出击。

麦格觉得，这是因为受教育程度高的女用户会更注意自己给其他人的感觉。李茹茹拍着桌子说："不是，是整个社会都在教育女人，要注意自己给人的感觉。"

李茹茹说："你要知道对上一辈的人来说，主动相亲是很正常的，去舞厅交友是家常便饭，大家都觉得爱情、婚姻、年龄三个东西是缠在一起、必然到来的。书店里教人谈恋爱、教人社交联谊的书和杂志一大堆。"

"大家觉得爱情是可以外放出来讨论的，可以被评价的。可是现在，爱情和道德被进行了强捆绑，你不能要求客户不在意自己给人的感觉，因为在受过教育的人看来，道德是绝对不能有瑕疵的。”

麦格问：“那我们强调道德？就像网约车一样搞一大堆监管机制，给每个用户做背景调查？”

李茹茹大声说：“不是，不是，你根本没懂我的意思！我的意思是，我们要去教育用户，告诉他们，爱情其实可以和道德弱捆绑，什么叫弱捆绑？就是爱情的归爱情，道德的归道德。我们作为平台，做背景调查是不可行的，我们没法控制用户的道德，对不对？我们只能从里面把自己‘摘’出来。”

两人又吵了很久，珠玉想进去听，她不把自己当公司的外人。

她进了会议室，也没人赶她出去。争执正进行到白热化，李茹茹提出了一个词——“公主感”。

李茹茹说：“这就是我们的活路，男用户不需要我们管，追求是他们的天性；而面对女用户，我们就要强调‘公主感’。”

“我们就教育她们，你们是公主，你们可以大胆追求，可以为所欲为，你们的条件再差也是公主，也有一堆驸马可以由你挑挑选选。要不然，平台活跃女用户的数量下降，我们很快就会失去所有的用户。”

麦格冷静地看着她：“李茹茹，公主不会来相亲。”

李茹茹说：“她们知道什么叫公主？她们知道才怪。我们就是要让用户慢慢适应，教育她们，公主可以通过相亲得到王子，结婚是好事，是公主的标配，平凡的婚后生活就是最大的幸福——你得去教育用户，你不能放纵用户。”

徐珠玉笑了："用户也挺惨的，来相亲平台还要被教育。"

李茹茹冷酷道："现代社会，两个人组成家庭的抗风险能力比单打独斗要高。在错误的年龄才反应过来这件事，急匆匆懊恼着来找对象，这样的人本来就很惨。"

徐珠玉不信："不结婚也无所谓啊。"

李茹茹摇摇头："无所谓的前提是钱，珠珠，如果一个人到退休都没攒够足以养活自己后半生的钱，之后的日子会很悲惨的。"

徐珠玉反问她："可是有几个人能攒够啊？"

她说完，就发现李茹茹看着自己，眼睛像通透的玉石，闪烁着没有温度的光。

现实就是没有几个人能攒够。人类社会的游戏规则从来都是残酷的，并不存在"只要打完游戏就能获得完美结局"的情况。

可能有一部分人结婚是因为，一个人突然意识到靠自己无法通关，于是找了个队友，组队一起打怪。有一些人晚婚的原因可能就是他们积累的知识与经验终于足以让他们理解，在这个社会游戏里，单靠自己是无法通关的。

麦格被说服了，下一个产品版本里，用户体验方面将会注重公主感。这种感受是什么本身不重要，重要的是让用户相信，她们在这个产品上获得的感觉，就叫作"公主才能享受"的感觉。

他苦笑着在白板上整理营销思路："我们先要教育用户，让她们觉得自己是公主。"

麦格问："就像珠珠一样觉得自己是公主，是不是啊，珠珠公主？"

瞬间，一道冰冷寒意蹿过她的背脊。她想起看过的一个搞笑短视频，拍摄者骗自家的狗狗说：“你是妈咪的女儿，是妈咪的女儿。”

镜头一转，她又说：“其实你不是妈咪的女儿，你是只小狗狗呀。”

狗就对着镜头呆住了。背景里，人们哈哈大笑。

楚文豪联系她，问她考不考虑年纪大点的用户。

楚文豪说：“男的，事业还算有成，还上过报纸、电视，拿过勋章。”

徐珠玉赶紧回：“要的要的！”

然后楚文豪就把邻居家的老大爷纪勇涛喊来了。老纪茫然地坐在咖啡厅里，有点不耐烦。

楚文豪说：“我觉得吧，说不定你可以发展一下大龄用户，给这些老头老太太增加点交友机会啊。”

徐珠玉很生气：“我又不是办老头乐的！”

老纪不解：“相亲为啥要搞那么神秘？不是很正常的吗？”

他那一辈，相亲真的是司空见惯的事。下了班，几个同事亲友一介绍就去了。

老纪数落两个小年轻：“这又不是坏事，正常介绍就行了呀。”

徐珠玉叹了口气：“老先生，现在年轻人都不肯主动去。”

老纪说：“那就说明人家不想去啊。”

珠玉心想，退休老人估计没法理解什么叫业绩压力。结果老头很明白：“知道你们肯定是公司要求，不容易。”

“你们现在辛苦，不像我们以前，其实日子很简单。”

他们听老一辈的抱怨听多了，什么“年轻人吃不了苦”“年轻人抗压能力差”，忽然听见个老先生这么说，觉得还挺少见的。

徐珠玉说：“是啊，以前当个工人，到点就下班，也没什么工作压力……”

老纪点点头：“嗯。”

徐珠玉问老纪：“老先生你做什么工作的呀？”

老纪说：“刑警。”

徐珠玉犹豫一秒：“那你那时候压力应该挺大的。”

也就赶上两轮严打的程度吧，纪勇涛想，还是没现在压力大啊，房价都这么高了。

某人当年抢的加在一起，还比不上现在一套房。想想也挺神奇的。

纪勇涛回去后，因为年纪大，疲惫地小睡了一会儿。梦里模模糊糊感觉有人坐他边上，用那种吊儿郎当的语气问他：“你又去相亲啦？”

“是啊，又去了。你别捣乱。”

“我要走了，我不捣乱啦。”

凌晨，纪勇涛醒了。他再也睡不着了，在沙发上坐了会儿，点了支烟出门散步去了。

楚文豪家的门缝还亮着光，估计是在熬夜赶稿。他下了楼，小区里开了不少网红店，深夜都有年轻人在喝小酒，灯火通明。

真挺好的。换作以前，太晚了就没人敢出门了。现在凌晨两三点，几个小年轻拎着酒瓶子在街上晃，什么事都没有。

白天那个看起来有点焦虑的女孩也在楼下喝酒，边上坐着个穿西装的女孩。老纪看人很准，知道那穿西装的不简单——事实上，珠玉正和茹茹聊用户分层的逻辑，也就是系统怎么给用户定等级。

李茹茹喝了口酒，看她在对面兴致勃勃地猜。年收入啊、年龄啊、容貌啊、身高啊……其实她猜了很久，就是没猜到男女的评级标准是不同的。系统对男用户会宽容很多。

男性超过 30 岁，如果收入没有太低，系统大概扣十分；女性的评级不必和收入挂钩，系统会直接将 30 岁以上的女性都归到一个单独等级。

系统没有感情，但系统是人写的，是人根据相亲市场无数案例总结出的公式。一旦在系统里输入大于 30 的数字，这个公式就会假模假样地报错："哎呀，每个年龄都有迷人的地方，我们觉得 30 岁以上也很好，只是恰好当前没有用户需要这样的对象。"

徐珠玉问："我们现在的系统里，大龄用户的评分大概是多少啊？八十五分？"

李茹茹喝酒，没说话。

徐珠玉还在猜："七十五？六十？六十，不能再低了吧？"

她装作听驻场歌手演唱，笑了笑应付。

两人的心思都被音乐微微牵扯出去。旁边有对打扮入时的情侣，徐珠玉打量那个女孩，觉得自己也不比她差。如果坐在那儿的是自己和麦格，说不定今晚他们会一起跳舞，像《LA LA LAND》里一样。

李茹茹忽然开口："有时候觉得人挺搞笑的。"

"从前谁把相亲当回事啊？下班顺路就去了。现在呢，相个亲搞得像上断头台一样，好像去了自己就从人变成了商品，开始被人估价。

"又没有时间，又没有美貌，又想要爱情，又想要公平。"

徐珠玉皱起眉头："你怎么就知道人家一个人过得不开心？"

李茹茹回答她："'一个人过得开心'和'不得不一个人过'是两回事。我是前者，我一个人就很开心。"

徐珠玉有点不开心："你这话就太高傲了，搞得好像你多清高一样。"

徐珠玉问她："你是不是喜欢麦格啊？"

李茹茹毫不犹豫："不喜欢。"

徐珠玉又问："他有女朋友？"

李茹茹说："不知道，我不问。"

两人静了片刻，徐珠玉低头看着相亲软件，她也注册了一个号，不过理由是"熟悉自家产品"。

来找她的人都是被她视为"低端用户"的人，徐珠玉觉得这个算法有问题，不然就该给自己推荐门当户对的相亲对象。

李茹茹问她："为什么？你都不满意吗？你知道自己匹配的是哪一档的？"

徐珠玉说："就给我匹配了 D 级用户。"

李茹茹想，差不多吧。

徐珠玉三十岁，没多少存款，中等收入，小公司的非管理层，普通学历，普通家庭，普通容貌，无个人房产。

按照系统的算法，匹配对象应该是D级。

她知道徐珠玉喜欢麦格，喜欢的方式就是会时不时给麦格发个卖萌表情包。麦格找她说过："珠珠啥意思啊？她该不会对我有想法吧？"

李茹茹说："她对你有意思，不是挺好的，大家都熟悉。"

她听懂了麦格的言下之意，他是A男，对徐珠玉没兴趣。

麦格觉得，珠玉"脑子不太好"，用他的话来说，现在很多女人都这样，她们接受更新的观念，不被年龄束缚，追求事业，但其实现实是以另一种规则在运行着。这种规则古老、残酷、不成文，如果把它提炼出来，就是李茹茹做的这个相亲平台的算法。

李茹茹觉得，麦格的脑子也不太好。说白了，他就是陷在幸存者偏差里——相亲平台上的女用户想结婚，接近他的女人想和他结婚，某种意义上，麦格只看得见这两种女人。

人生是很苦的。普通人在世间沉浮，看见了许多差异，唯一能抓住的救命稻草只有父母疼爱时说过的话："我家孩子是个小公主。"

不是的，公主指的是有皇室血脉的女性，除此之外谁都不是公主。

现在已经不是从前那种大家都在工厂拧螺丝的时代了，人看见自己与别人的差距时，就需要安抚自己，或是用父母疼爱的话语麻醉自己，或是接受现实。

李茹茹反而很佩服那些能在最后接受现实的人。接受这个现实，远比拒绝承认来得需要勇气。

珠玉躺在床上，度过了三十岁后的第一个满月夜。她看见天花板上的公主贴纸发了霉，黑色的霉斑爬满了贴纸的脸。

在经过了几天的喧闹后，她的用户群里没人再说话了。

麦格送李茹茹回家，忽然拉住了她的手：“你是不是对我有意思？”

李茹茹甩开他的手，困惑警惕地看着他。

麦格问：“不是？那你干吗总把徐珠玉带身边？你就是想让我对比着看，对不对？用那个徐珠玉来衬你，我都懂的。”

李茹茹盯着他，忽然笑了。她摇着头大笑：“不是的，你不懂女人。”

李茹茹说：“你是真的不懂女人，也不懂我。”

CHAPTER · 14

纪勇涛

纪 勇 涛

CHAPTER · 14

爱呀河小区 705 室。早上起床的时候，老纪觉得自己忘了什么。

他看见屋门开着，就想把它关上。他想，怎么会忘记关门呢？万一进贼了……可家里也没啥东西能被偷的，贼也没兴趣偷。

他走到门口，手都已经扶上了门，可是，无论如何都没法把它关上。

纪勇涛站在门边，怔怔地站了很久。他看见玄关镜子里的人，一个头发花白的老头，其实他并不是那般近似朽木的年纪，头发却已经白了。

年轻的时候，纪勇涛是一名警察。

他因为表现优异，被调到大队，刚巧时间很妙，正好赶上了第一次严打。

纪勇涛当时的情况用现在年轻人的话来说，就好像一个人刚出了新手村，直接被丢去打大魔王。就是在这样的高压下，纪警官成了队里的骨干。

他一个月能赚二百九十元到三百三十元，破案后还会有五百到上千的奖金。在那个年代，这都是实打实的利益。但他没有什么花钱的地方，只是定期把钱汇给老家的母亲。

工作、任务、吃饭、睡觉、汇款，纪勇涛的人生局限于这些事情里。

现在他时常会看见有人羡慕从前，说从前房价低、生活规律、加班不多、物价低、人心淳朴……但纪勇涛看见的那个从前，是一片混乱，人们不知前途在哪儿，作恶者肆无忌惮。

纪勇涛升得很快，他是内定的接班人，如果没有意外，他在退休时应该荣光满身；他会有漂亮的官衔和令人艳羡的待遇，有一场风光的送别宴，还有很多门生照顾。

后来老纪提前退了，直到他走，他都只是一个普通的警察。

吃午饭的时候，纪勇涛想起来自己忘掉的事了——他得录音，那是一个邻居给他的任务。

用来录音的手机就给他放在桌上，APP 都装好了。

但他还是得先吃饭。他随便炒了几个菜，拿了碗筷走到桌边。社区有照顾孤老的志愿者，会每天给他们送做好的餐饭，但老头喜欢自己做，他觉得“孤老”这个词怪诡异的。

老纪说：“想不明白，怎么就变成孤老了呢。”

“我觉着自己也没多老啊，连饭都不让你自己做了，担心你忘记关火。”

老纪有次确实忘记关煤气了。后来，邻居帮他换了个定时的电磁炉。

他盛了饭，开了啤酒，发现啤酒不是啤酒，而是包装类似的苏打水。他回忆了很久，猜测大概是邻居帮忙偷换的，医生说，他要戒酒。

对面的人低头看着碗里的番茄炒蛋，嘀咕一句：“没老婆没孩子，你不是孤老谁是孤老。”

老纪哑然，自嘲地笑笑。其实他年轻的时候，在联谊舞会上很受欢迎。有一个长得很像山口百惠的女老师，他想约对方出来吃饭，约了几次都没成功。

现在“山口百惠”老了，说不定孙子都很大了。

那人看着录音手机：“他为啥要你录音？”

老纪说：“他想给我写一本回忆录，他是个作家。”

那人笑了：“什么作家，说不定是个骗子。”

706 室里住着一位姓楚的作家，是老纪的朋友。每周的周二，楚先生都会过来问问录音的进度。

老纪把两副碗筷收了：“你没吃多少。”

那人躺在沙发上说：“夏天太热了。”

老纪说：“是吗，我看你也没喝冰可乐。”

老纪洗好碗筷，坐回沙发边。他清了清嗓子，准备录音。

“我是八几年到 A 市的。我记得我遇到的第一个案子……

“这段不好，不行，没人要听这个。”

那人笑他："我要听呀。"

老纪说："又不是你写，你会写书吗？你除了待在家里招狗招猫，你还会什么？"

老纪说："我总觉得我忘掉了什么。我想把它想起来，然后一起录进去。"

那人说："你别忘了我呀。"

老纪说："我忘了我自己叫什么，也不会忘了你的。"

老纪说："你是我的冤家对头，是过来问我讨债的。是我上辈子欠你的，你毕业了就给我收拾东西滚回去，一个电话都别再打过来。"

那人不吭声了，一直不吭声了。老纪理了理思绪，正打算继续录音，却觉得周围安静得吓人。

老纪发现那人不见了，他满屋子里找那人，从客厅找到卧室，从门里找到门外。

楚先生下午陪他去医院开药。纪勇涛去年发过一次脑梗，身体一直不太好。

楚先生问他录音进度。他说不上来，不知该从何说起。

楚先生说："随意呀，你想到什么就说什么。"

楚先生又提醒他："不用刻意按照时间顺序，当然，你的职业病，什么事都爱从头说。"

从头的话，从多远的头呢？从小时候吗？纪勇涛小时候，只记得父母天天吵架，然后离婚；他跟母亲走了，母亲又再婚；他在那个家待不下去，随亲戚流转到 A 市。

这都没什么好说的。

他拎着一大包药回到家，那人又回来了，正靠着桌子吹风扇。

那人问他："你跟我说话总在抬杠，你生我气？"

老纪摇头："没，我不生你气了。"

老纪问他："你饭吃了吗？"

那人说："我不用吃饭了。"

老纪说："你当神仙？"

那人低头笑笑，又安静了。老纪热了晚饭，回过头，发现他不在桌边了，在阳台边。

那人说："家里真热啊。"

原来家里只有一个人，现在有了两个人，人多了就是会变热的。

可只有一个人的话，也许它不可以算是家。纪勇涛很想有个家，一个不用和人吵架、看人眼色的家。他又有些愧疚，大概是因为他想不起来遗忘的事，所以说话变得很冲。

他坐回沙发边，打开手机，开始录音。

老纪说："一起来录吧。"

那人摇摇头："这又不是我的回忆录。"

老纪说："你可以帮我说点啥，补充些细节。"

"我叫纪勇涛，这是我家里人，他叫……"

老纪看向他："你叫什么？"

那人安静地坐在旁边，那双如孩子般无辜明亮的眼睛，无奈地看着他。

老纪又重复了一遍："你叫什么？"

那人摇了摇头，什么都没说。

老纪问："你为什么不说自己的名字？"

那人只是坐在旁边，很无奈、很无奈地看着他。

"你好像快哭了？你受了什么苦吗？

"你说啊，告诉我啊，你受欺负了，我替你做主。

"你不要只是摇头，你说啊。是什么委屈？你在外面受委屈了，回家都不说吗？"

他垂下眼，微微地笑了笑。

那人说："我想去 H 市。"

老纪说："那我们就去啊。我都退休了，我哪儿都能去了。"

那人沉默了很久，轻声道："可你老了，你要吃很多的药。你如果吃了那些药，就会找不到我的。"

老纪笑了："什么话，怎么就找不到了。走吧，今晚有点风，去河边散散步。"

爱呀河小区旁有一条爱呀河。

老纪喜欢去河边散步。他之前还养过一条狗，有好几次，狗兴奋地冲入河水里，他拉都拉不住。

他们走了很远的路。河水很平静，平静得像一面镜子。那人做了件奇怪的事，他慢慢越过河边的芦苇花，朝着河水走去。老纪喊他，可他只是一直走，像是要渡过那条河。

他看见那人走在河水上，踏在水面上，平静地走了过去。他惊讶极了，不由得跟了上去。河水真的很平稳，承载着他们的脚步。

社区的人把他找了回来。他站在深夜的绿化带上，爱呀河早就被填埋了。

不过最近听说这条河要重新开挖，政府要做环境复原，他们在南侧开挖河道，那里已经形成了一片工地。

纪勇涛坐在家里，楚先生给了他一个电子手表，防老人走丢的那种。他困惑地盯着它：“你凭什么这么对我？”

楚先生给他拿来今天的药，老纪不吃，他猛地挥开楚先生：“你有什么权力这么做？”

老纪气愤地走出家门，那人不见了，狗也不见了，爱呀河也不见了，他突然惊醒：“我被绑架了，这里是哪儿？！”

七楼有人被他喊了出来，纷纷围上来劝他，硬是把药给他吃了进去。那种药吃得他头晕，他瘫在床上，那人坐床边，难过地抚摸他的白发。老纪想叫他帮忙扶起自己，可是一眨眼，那人不见了，风从窗缝涌入，吹动着他的头发。

医生建议让他再入院两周。他的症状是脑梗和摔伤叠加导致的，情况只会变得越来越严重。

考虑到他的年纪还不算太大，不是不可以二次手术，减少缺血区……楚先生和社区的人讨论了几次，社区那边开了权限，代老纪办了住院。

纪勇涛躺在监护病房里，每天要吃很多药。那个人从来没有来探过病，这让他很生气。

他叫住护士：“那个人不见了，他不来了……”

护士说：“就是这样的，这药可以抑制住很多幻觉。”

老纪问："什么幻觉？"

护士安慰他："会好的，只要坚持吃药……"

她低头去拿他今天份的药物，再抬头，纪勇涛不见了。

老纪从医院跑回了家，反锁了门。这扇门因为一直不关，关上时，门轴都老化了。

他站在阳台边，看着外面消失的爱呀河。过了很久，那人终于回家了，走到他身边。

老纪说："我好了，我出院了，你晚上想吃什么？"

他看不见那个人，听不见声音，但能感觉那人在。

老纪说："我得把我的摩托车找出来，我得带你去 H 市。"

老纪年轻时有辆摩托车，一直被他丢在车棚的角落。

摩托车不能开了，太多年了。他把车推回自己家，从里到外把它擦了一遍，慢慢修好。

他打开手机开始录音："我以前用摩托车送他去上课。从这里骑到大学，要半个小时。"

老纪说："我还记得去大学的路。路上会经过友谊商厦，可以顺便吃个蛋糕。"

老纪沉默了一会儿："我没有什么好回忆的，我的回忆里都是这些鸡零狗碎的事情。"

在一个深夜，他修好了摩托车，那个人坐在后座，紧紧地抱着他。

沿着不存在的河道，老车再度发动，载着他们前往远方。

楚先生在一个深夜接到来自警方的电话，H 市警方。

警方说，在黄沙江旁的观景大道上发现了一个走失的老人，还有他的摩托车。老人的电话手表里，紧急联系人是楚先生。

从 A 市到 H 市，老纪忽然想起了一些什么。

他想起来，那人是自己的弟弟，是大学生。那人问：“那其他的呢？其他关于我的事呢？”

其他的事并不重要。

江边金光璀璨，这座城市和他曾经印象中的灰暗城市不同，它像吸饱了水的海绵，柔和了万物的欲望，是那个人喜欢的样子。

老纪走到护栏边，江风呼啸。观光渡轮在璀璨的江面上往来，哪怕是深夜，这里也被光华笼罩。

老纪很累了，他靠着护栏坐下，长长地舒了口气。

那人坐在他身边：“我该走了。”

老纪说：“你去哪儿？”

那人说：“我要走了。”

纪勇涛抬起头，茫然地看着他的背影。

老纪问他：“你不带我走吗？我老了，我没法再自己走了。”

人都是会老的。年轻时意气风发，被人称为英雄，得到了无上的荣誉。人老了，一切都会散尽。

纪勇涛曾是那个英雄，可那个英雄并不是老纪。

那人回到他身边：“我舍不得你，如果有什么是我想带走的，那就是你。”

那人苦笑着落下眼泪：“可你什么都没有做错。我要上路啦，我走到这里，我的路就走完了。”

老纪看着他："我忘了很多事。"

那人点头："你不要想起来。"

老纪说："你能告诉我，你到底是谁吗？"

那人哭着求他："我求求你，你不要想起来。"

纪勇涛在观光道上找他。深夜，江边仍有一些人。人们惊愕地看见，一个白发老人，正用尽全力，将本不可以拖上观光道的摩托车往台阶上拽。

他把摩托车拽到观光道上，车头对准江水。摩托车发动，它朝着江水冲去。

可是它旋即又慢了下来，车头碰了碰护栏，停下了。

这辆老摩托，终究是开不动了。

楚先生把人接回了 A 市。

老纪说："我想起来了，他是我弟弟。"

楚先生说："他已经不在啦。所以你要好好吃药，才能正常生活。"

老纪回到 A 市时，爱呀河的河道已经挖得差不多了。昼夜不停的暴雨，将还没有灌水的河坑里灌满了厚厚的水。

老纪站在窗口边看着远方，他总觉得，那里有个孩子。他很多次地冲进暴雨里，去找那个孩子，他似乎哭得很伤心。

一场大病后，纪勇涛真的老了。

他的膝盖痛得走不动路，耳朵听不清声音，醒一会儿就犯困。

他只能待在家里，拄着拐杖兜来兜去。他找到了一张老照片，发霉了，合照里的人脸都变得斑驳。有一个雪白的霉点，将那人的脸完全腐蚀。

忽然，他回到桌边，打开了那部手机。老纪开始录自己的回忆，他的思路清晰，时间、地点、事件、人物；吃的饭菜、调味料的价格、借同事的钢笔、舞厅里女孩的高跟鞋、钥匙扣的触感、火车站的人声、弟弟的长头发、沉重的行李、可乐开启时的轻响、百元大钞被点燃的味道、那人的笑声、那人的哭声、那人趴在阳台边的样子、那人的身上发亮的阳光。

那人走路时每一步迈得多大，那人喜欢看的录像带，那人抠蚊帐抠出的坑。

自己的爱和恨。

自己失去的一切，那人从一开始就不存在的一切。

芦苇花和飞鸟，孩子般的眼神。

那把他总是忘带的钥匙。

纪勇涛在一个玻璃可乐瓶下面，发现了一把压着的钥匙。

他用钳子夹碎了钥匙，放进可乐瓶里。忽然，他觉得自己做了一件一直忘记做的事——

把钥匙给他。

那夜，他听见了流水声。

河道灌水，河流重现。他躺在床上，似乎躺在平缓的河流上，流淌向很远、很白净的远方。

早上，人们路过 705 室，他们看见门是关着的。如世间所有疲惫的人一样，白发人沉眠于此。

楚先生替他收拾身后事。

他的遗嘱是留在录音里的，所有东西都留给了楚先生，交由他全权处理。其实没多少东西，老家具、老录像带，还有那人的骨灰。

他以为老人会提出把骨灰带去H市之类的要求，但他没有。他的要求只是水葬，离家近就好。

一个骨灰坛，一个可乐瓶，在凌晨，楚先生带着它们去了河边。他去了，但是又回去了。等第二天的白天，孩子上学、大人上班、街上的人来来往往的时候，他再次去了爱呀河河畔。

他把它们倾撒下去的时候，“雪色”没有立刻消融，它像一团水上的芦苇花，漂浮了一会儿，和河边的芦苇花混杂在了一起。

钥匙的残片、可乐玻璃瓶都沉在水底，飞鸟掠过高空，流水离开原地，名字忘却记忆。

我啊，但是我啊。

我已经听完了这世上所有的河流。

CHAPTER · 15

楚先生的周末

楚先生的周末

CHAPTER·15

—返乡—

楚先生的真名是楚文豪，笔名叫“楚河秋雨”，体重在290斤到300斤之间游荡不定，仿佛千年前楚云梦泽的水位。

原本他不叫楚文豪，叫楚文君，一个非常没气势的名字。之所以改名，是因为家里曾经有个远房亲戚出过事，为了避讳，大人把与那人相近的名字全改了。

改了也好，楚先生的名字一下子霸气了。若有人走在街上喊一声“楚文豪”，路人会以为可以看见一名披发白衣的狂士仰头长啸问九歌，但其实只会看见一个300斤的胖子——楚先生自称这是微胖丰满——憨憨地回头。

因为近视，楚先生的眼睛总是眯起来的，他又配了那种日式的复古小圆镜，焦距调不准，导致双眼度数继续增加。

楚先生出生在不知道哪个小县城里，父母能为他做得最好的付出是送他进了城里的全日制寄宿学校。高强度的教学给来自不发达地区的孩子提供了一座独木桥，靠着读书和全国作文大赛第三名的加分，楚先生去了省城的重点高中，后来又去了首都的大学读书。

他的人生与体重从此和父母走向了完全不同的两个方向。

再后来楚先生成了一名儿童文学作家，小赚了几笔，经济条件还行。但他就和大部分同行一样，年少成名、过度消耗，早早遇到了灵感枯竭的困境。

他把位于 B 市三环的老房子退租了，带着大包小包的行李回了老家的旧宅。他的父亲几年前因为肝硬化去世，母亲还在。家里的屋里院外打扫得很干净，一片自留的小菜园，养着几只鸡、几只鹅，小池塘里长着肥到泛紫的香蒲。

母亲看起来比实际年龄要苍老得多，喜欢躺在蓝褐色葡萄藤编的摇椅上。楚先生想孝顺老太太，从日本定制了纯手工的葡萄藤摇椅，跨洋运回来。

为这摇椅里的工匠精神，楚先生花了小十万。结果它被摆在这个半旧不新的院子里，看起来和集市上卖两三百的摇椅没差别。

起初的几天，他每日从村头晃到村尾。村委的治安队员用特别警惕的眼神看着他，他的气质已经和老家的人不同了，像极了带着陷阱合同来骗村民做小额借贷的诈骗犯。

治安队找到楚家妈妈问："这个人是谁？"

母亲说："我儿子。"

治安队追问："他做什么的？"

母亲也说不清楚："不知道，就天天晃，你们问他吧。"

小有名气的作家楚先生怎么都想不到，自己会被老母亲给卖了。他中午刚从小卖部晃回家，就被两个村委干部叫去了办公室。

办公室里有空调，没开，只有电扇嗡嗡地响。电扇的摇头好像出了问题，每次要摇到楚先生那儿了，就"咔咔"两下，又摇走了。

三百斤的胖子热得满头大汗，看起来更加心虚可疑。

"嗡嗡，咔咔，嗡嗡，咔咔……"

楚先生走神了。对面的老干部满脸皱纹："你到底是来干什么的？整天游手好闲的。"

老干部说："怎么楚家人都这样。"

楚先生是老实人，诺诺点头。

"游手好闲，男人，很容易出事情的。你结婚了没？"

楚先生摇头。

老干部一打手，"嗨呀"一声，和旁边的老村民说："看看，看看！更容易出事情！"

楚先生擦了把汗："什么事啊？"

他听不太懂村民们的土话，几个老人围在一起，就像古书上的宗祠长老，商议着是把这个胖子驱逐出去还是浸猪笼。

好在结论的杀气没有楚先生想象中那么大，老干部一脸关切："要不要给你安排个工作啊？"

楚先生傻了：“啥，啥，啥工作？”

老干部说：“你不是没职业吗？”

楚先生赶紧说：“我是个作家。”

几个老头木然地注视着他，眼睛眨个不停。

老干部问：“你是作家，那你工作证明呢？单位的工作证呢？”

楚先生有本作协的小册子，但早就忘记塞哪儿了。

老人们把他丢在办公桌的另一侧，自顾自地聚在一起侃大山。盛夏的蝉鸣伴随着电风扇的故障声，纠缠成灼热的一团，又被外面白炽的日光煮得沸腾。

走神的楚先生目光游离，望向窗外的树影，好像有个长头发、个子高挑的人影正站在树影之下，静静地注视着这里。

楚先生呢喃：“你不热啊？”

头发都披着，感觉肯定很热。

他看着都热了，朝那人打着手势，示意他把头发梳起来。可他的手像是鱼鳍，拨开的是闷热的池水，在眼前划出一片涟漪……

老头们正在聊镇上的针灸保健，突然听见一声巨响，那个身份不明的胖子从椅子上摔到地上，中暑昏迷了。

—— 祖坟 ——

从村委办公室的南门出去，往村南走五百米，可以看见一道石台阶，顺着台阶左拐，跟着山里的野路一直走，第三根电线柱子阴影里的土地，就是楚家的祖坟。

因为在当地没有什么背景，这片祖坟已经被破坏到只剩几个土堆，碑也都磨平了。几年前下大雨，山体松脱，又冲坏了半片坟地。

那时候就发生了一件怪事，某座坟被大水冲垮了，从坟里冲出的除了尸骨，还有数不清的纸钞。

这件怪事很骇人听闻，一度成为笼罩在厉县上方的阴云。但厉县的阴云远远不止这一朵，所以很快它就云消雾散了。

那些老版纸钞大概有七十万，在使用那版纸钞的年代，这是一笔巨款。

楚先生跑去看了眼祖坟，但山路崎岖，他走到一半就蹲在路边上走不动了。一路上，最有人气的东西是电线杆上的广告。

一个人影晃过来，笑着跟他说：“你坐在你曾祖老头的坟头了。”

楚先生吓得跳起来，可身下不是断了的墓碑，只是块石头。那个人大笑着戏耍他，又晃入了树后。

楚先生问：“这边的坟地，以前一共有多大啊？”

那人说：“不知道。”

楚先生说：“感觉这片地没归属，也没人修。”

那人说：“别修了，阴魂不散的。”

楚先生说：“是有点阴，我挺怕热的，走过来硬是觉得凉飕飕的。”

一个冰冷的东西贴在他后颈。那人逼近了问：“是这种冰吗？”

楚先生大叫一声，醒了。

他坐在大石头上睡过去了，几个村里的孩子捣蛋，拿冰可乐罐子吓他。电线杆附近只有几座破坟头，墓碑上的字都看不清了。楚先生爸爸的坟不在这儿，在城市公墓的家庭坟位，立在老家的只是块碑。

他低着头，一个人走在回去的路上。院子里，葡萄藤椅吱呀吱呀地响，母亲还在晒太阳。

母亲问："你去看过祖坟啦？怎么样？那边以前还有两棵松树的。"

母亲又说："大概那么高的松树，叶子有点发黄，但就长那么高，再也没见长了。"

楚先生说："我没见到松树。家里没其他人了吗？"

他记得他看过族谱，还有几个堂表叔，但关系很远，几乎没有走动了。

院门上缠着不知名的黄藤，总是闹虫子。他踩着椅子上去，把闹虫子的几节给掰了。

刚从 B 市搬回来的那会儿，编辑或者朋友还会给他来消息，如今都渐渐冷淡了，朋友也不会来这么偏的地方找他。他想写些东西，可写不出来，整个人像是被抽空的保鲜袋，里面装过菜，留着水汽，怎么都晒不干，霉兮兮的。

楚先生每天的娱乐是看手机，看到后来都出现了诡异的生理反应，看见手机就想吐。他躺在床上，看着布满蛛网的房梁，总觉得很可怕。房梁上空空的、黑黑的，像是坐着伥鬼。

人是怎么融在世间的呢？

看其他人，坐办公室的啦，读书的啦，开网约车的啦，好像都自然而然地融入人间，永远都能和其他人保持联系，仿佛出厂设置就是如此。

他们是怎么做到的？怎么和彼此保持沟通的？怎么每天避免一个人吃饭的？

楚先生做不到。他读书的时候在尖子班，同学们都是冲击名校的尖子生，彼此的脸隐藏在书墙后，除了问一道解不开的题目，不会和其他人有多余的沟通。

他毕业后，起初在一家出版社工作，同事都是镜片厚重的老头，在办公室里叼着烟，眯着眼睛看电脑屏幕，和他说得最多的话是“小楚编辑，你来看看电脑怎么弄”。

现在他躺在这个破村子里，大家似乎没有意识到有个人离开了他们，楚文豪这个人在或不在，与人类社会无关。

人和人的隔阂到底有多厚？1 厘米？5 厘米？没有一本书写过答案，甚至很多人看上去和别人毫无隔阂。连这个问题都弄不清的人，根本不知道要用多大的力气挥拳才能打破隔阂。

不知不觉，他在床上蜷缩着，哭个不停。

—— 报纸 ——

楚先生想写村里的孩子，但村里好像没几个孩子了。

人越来越少，都去了城里。有些给祖父母带的留守儿童，目光都呆呆的，玩闹起来时又带着三分凶悍三分暴戾四分穷凶极恶，和可爱扯不上边。

楚先生是喜欢孩子的，除了孩子，还喜欢小狗、小猫、小麻雀。他有股纯情派诗人的特质，如果早生三十年，他很可能在麦田里搭个帐篷，替麦虫写一首诗，抱着吉他唱民谣，觉得真命天女应该在黄果树瀑布下穿着红裙子。

但现在楚河秋雨写不动诗歌了，为了减肥，他天天在村子里来回慢跑。老头们也接受了这个游手好闲的单身者的存在，还会给他安排点事儿干。

厉县的档案室要装修了，改成“厉县历史博物馆”，政府想让本地文化多开花。档案室先要清空，许多之前留存的纸质资料已经没意义了，要全部搬出去卖给收废品的。楚先生过去帮忙，权当减肥。

一摞摞的废旧材料堆在仓库，被虫蛀得很严重，打个喷嚏都能喷碎一张纸。

根据职业经验，楚先生不觉得这些纸还有再利用的价值。果然，辛辛苦苦搬了两天，收废品的人根本不要。他想收点报纸，不想要档案材料。报纸好卖钱。

厉县的档案室里报纸不多，只有一个角落堆了一些。楚先生让他等着，自己去把报纸抱出来。

报纸的纸张和档案纸不同，只是泛黄发脆，还没有散架。他把它们拎出去，给收废品的人称重。

收废品的人问：“你这儿的报纸怎么好多都剪掉了一块？”

果然，很多报纸都少了一块，好像有一些新闻被单独剪走拿去做剪报了。

好事作家埋藏在脂肪深处的神经被触动了，直觉告诉他，这东西有问题。

报纸很好查，记下年份、版号，去市一级的图书馆就能找到。

也不是什么敏感年份或者事件，只花了半小时，图书管理员就把他要的东西抱过来了。

楚先生看完那些被剪走的新闻，呆坐在那儿，震撼了很久。这种震撼就好像有个孩子一直以为自己家很穷，结果有天父母说，傻孩子，咱家在Z市有十二套楼，爸妈只是怕你好逸恶劳，所以一直骗你说家里是扫大街的。

虽然这个描述不太准确，但其实孩子的心理活动很类似："天啊，咱家居然还这么厉害过？"

楚家以前出过一个狠角色，道上外号"楚霸王"。当年和楚霸王相关的那堆新闻放到今天依然很震撼。据说当年报纸一共两面，大人们一看正面有他的新闻，就知道今天的报纸少儿不宜。

家里出了这么个人，亲戚自然给吓得半死，赶紧把孩子的名字都改了。

不知道为什么，楚先生的心好像跳得快了——他是个儿童作家，按理来说取材也都是取些童真童趣的事情，但突然之间，他对这位素未谋面的堂叔有了兴趣。

网上有很多关于这位亲戚的消息，许多重案研究者发布了亦真亦假的研究。楚先生像是找到了他想要的却和儿童文学完全不沾边的东西，废寝忘食地陷了进去。等他回过神，已脱夏入秋。

这些往事中，有两个词是绕不过去的。

一个是纪某涛。

一个是爱呀河。

—— 纪某 ——

用相对公事化的口吻去描述纪某在当年那件事里扮演的角色，叫作“负有不可推卸的重大责任的人”。

如果用另一个视角去解释，可以说他“倒了八辈子血霉”。

至少楚先生看完事件全貌后是这么觉得的。显然，正常人都会这么觉得，所以虽然负有重大责任，但纪某没有因此受到很重大的处分。

他无法从网络上找到纪某的联系方式，但爱呀河小区还在，是学区房，房价寸土寸金。

楚先生和编辑说了自己的计划。编辑的回复很平和，让他去河边旅游，放松放松——他以为爱呀河是一个旅游景点。

他收拾了自己不多的行李，买了最近的一班车票，离开了厉县。火车上，楚先生临时用手机查了一道流程，关于怎么申请领取亲属骨灰。

他在 A 市的宾馆住了一阵，办完了领取骨灰的所有手续。

公办处的管理员也是个年轻人，并不知道当年的事，很顺畅地给他批了许可，通知他几月几号去取。

在一个大雪天，楚先生从旅馆出发，去公办处领亲戚的骨灰。今年不知怎么的，又流行起了那种圆滚滚的羽绒服，人们好像一只只颜色艳丽的麻雀，在马路上“滚”来“滚”去。

公办处快下班了，留守的小职员不耐烦地靠在门口，钥匙环在手指上晃。这个人穿的羽绒服是白色的，绣着红色的花纹，好像是这几年流行的国潮风，要么红，要么白，要么黑，加个龙，再用篆体写几个字。年轻人很喜欢这种风格，马路上也随处可见。

职员有些不开心：“你怎么才来？”

“等你等到现在。今天就你一个领的。”

楚先生连忙道歉：“不好意思不好意思……”

职员往对面指了指：“我还以为那个老头是你。”

楚先生回头。漫天白雪中，有个人在马路对面的杂货店门口抽烟。雪在他的身上堆积又消散，好像乐此不疲的蒹葭。

那老头看见他抱着骨灰坛出来，似乎想掐了烟迎上来说话。但他思虑再三，脚步又停在了杂货店外。没有屋檐遮蔽，他的肩上很快堆满了雪，老人还维持着夹着烟的姿势，但烟已经落地了。

楚先生很难把眼前的老人和旧报道上的“英雄”联系起来。这个人沉默寡言地走在前面，时不时回头看一眼楚先生，或者说，看楚先生手里的罐子。

他的神态是微妙的，像是在用那双灰蒙蒙的眼睛问“你抱孩子抱得累吗”。

楚先生不累，骨灰坛很轻。如果说灵魂平均有 21g 的重量，那么这名死者的灵魂可能很简单，没来得及经历彻底的生长发育。

老纪说：“对的，他没脑子的。”

老纪问他：“你家那边多少度？”

楚先生说：“比这儿暖和。”

老纪点点头：“这儿冷，去吃锅子吧。”

去羊肉店的路上，他们在路边买了点苹果，冬天能选的水果不太多。A 市的夜生活很丰富，年轻的男女仿佛不怕冷似的，冬装上衣像个球，下身却很紧身，筷子似的脚露在外面，随风飘荡。

两人到了羊肉炉的店里坐下，老纪点菜，没客套，也没问楚先生这个客人要不要看菜单。

楚先生的脑回路不知道怎么搭的：“老先生，我请吧。”

老纪说：“别，我听见你们这家人说请客就心慌。”

老纪瞪着他：“你钱哪儿来的？”

楚先生说：“我有工作的。”

老纪又问：“干哪一行的？”

楚先生回：“作家。”

点完餐后，老人的眼神以肉眼可见的速度泛起了怀疑。

“你不是记者。

“几年前有个记者说自己是他亲戚，来问东问西。”

楚先生不解：“啊？为啥？”

老纪说：“因为脑子坏掉了。这世上全是脑子坏掉的人。”

老人吃了餐前药，用啤酒下药。楚先生觉得不妥：“老先生，这不好的。据说酒精会——”

老纪“砰”的一声把酒瓶敲桌上：“现在的孩子哪儿那么多话，在大人面前指指点点？”

楚先生不敢吭声。不过有服务员路过的时候，他还是叫住对方，让她拿杯热水来。

吃完羊肉炉，两人一前一后走出店，都沉默着没有说话。又走出去两步，突然，两人都匆匆扭头，想起骨灰还落在店里。

他们冲回店里，见到服务员们仓皇不安地围着他们的座位，瞪着那个坛子窃窃私语，谁都不敢上前。

楚先生连声道歉，把它抱起来就走。

他们坐地铁回去，经过安检门的时候，金属检测仪嘀嘀地响。他们就这样一路狼狈地回去了，到了爱呀河小区门口。

楚先生说：“这是爱呀河小区？”

老纪点头。

楚先生问老纪：“那河在哪儿？”

老纪指指门前马路：“填埋了。”

楚先生嘀咕：“爱呢？”

老纪骂他：“有病吧你。”

什么东西都有被填上的一天。

马路上的雪被车轮碾成三排，脏兮兮的。扫雪的环卫工疲惫地拄着扫把，靠着路灯休息。

老纪说：“今年的雪好大啊。以前不太有那么大的雪。”

“南方的雪，很多都稀稀拉拉的，不好看，落地堆积不起来，最后泥泞兮兮。

“大概是知道你来了，难得落个大雪。

“你来多久了？”

楚先生说：“半个月了。我想住一阵取材。”

老纪看着他：“网上不是都有吗？”

楚先生好奇：“那是真的吗？”

老纪说：“它必须是真的。”

老纪准备回家了。他熄了烟，往小区斑驳的铁门走去。年迈的保安裹在黑色羽绒服里，有人经过也没有一点反应，像一只冻僵的猫。

楚先生忽然想，冬天的时候，野猫都去哪儿了？平日里它们在草丛里流窜，抓些小虫、小鸟啦，被善良的女学生投喂啦，一到冬天，忽然都不见了。

可夏天的时候也没有雪啊。这世间万物大概都是轮岗上班的，季节过了就是过了，该冻死的冻死，该长眠的长眠。

楚先生抱了抱怀里的骨灰坛，他和它有些混熟了，觉得它被焐热了，没那么森冷。

楚先生柔声对它说：“好啦好啦，咱们回家了。”

忽然，门口的老纪停下脚步，又走回他面前。

老人神色很犹豫，仿佛在下一个很大的决心。他注视着楚先生，目光落在男人手中的坛子上。

老纪沉默了很久，问：“你还要它吗？”

楚先生起初没有反应过来，过了一会儿才意识到，对方是问他要不要坛子。

楚先生磕磕巴巴地回：“我……这……能丢吗？不能丢

吧……”

老纪又陷入了长久的沉默。雪落无声，掩盖了半生的喧嚣。

老纪说：“没人要的话，可以给我。”

病房

周末的时候，楚先生会去社区当义工。

在国内义工团体其实很多，这几年发展迅猛。很多年轻人甚至把它当成了社交方式，不过看见楚先生这个和蔼的胖子“滚”过来时，他们的眼中都有一丝失望。

胖子里，有人权的是幽默的胖子，会自嘲，会侃侃而谈，会说相声；像楚先生这样腼腆老实的胖子，一般都会被叫“油腻肥宅”。

大家在阳光之家里围坐着，做自我介绍。楚先生站到人群中间，说自己是个作家。

男义工问：“写什么书的？龙王归来那种网文？”

人群中爆发出一阵大笑。楚先生说：“写童书的。”

他听见底下有人嘀咕：“恶心。”

写童书的作家应该是眉目和蔼的老先生，是穿粉红针织衫的女教师，反正不是楚先生这样的“油腻肥宅”。

不过可爱的年轻人也不少，大家组了队，很快也就觉得楚先生真是不错。

楚先生的周末就这样忙碌起来。

很多人对义工工作的理解就是去孤儿院或者养老院慰问，虽然会有那样的安排，实际做的却更杂——帮忙整理共享单车清空盲道啦、帮街道居民办手续啦、带独居老人去医院看病啦……

而且没钱拿，真真是菩萨才会做的事。

绝大多数人是人，不是菩萨，所以义工人数就少了下去。第一期有三四十人，第三期就只剩下十二个了。

第四周，有儿科医院希望他们可以去陪伴重病儿童。两个为了社会实践学分才来当义工的男孩当即说身体不舒服，不来了，大概实在是受不了孩子。

楚先生孤军奋战，带上自己写的书，就直奔儿科去了。他先是穿过普通病房，两侧传来能把人耳膜震碎的尖叫声；再穿过一扇门，突然就像是到了另一个世界。

这个世界是寂静的，连根针掉到地上都听得见。两侧病房的门也都是关着的，没有身后儿科病房门口那些轻松的家长。偶尔看见一两名家长经过，却都神色凝重。

儿科重病病房里就连护士都格外安静。她给楚先生做了登记，带他到了一间病房。

小欧坐在病床上。欧 XX，他的名字三个字，但有两个字是楚先生不认识的。有些爸妈不知道怎么想的，专门挑生僻字给孩子起名。

小欧的妈妈在旁边，楚先生看见她心里就“咯噔”一下，觉得这大姐不好对付——他的直觉没错，这个脸颊瘦削的女人挑起眼睛，质问他：“你消毒了吗？”

楚先生连忙去消毒，在欧妈妈严厉的目光下，他就差没有嘴对嘴灌消毒水了。

他带了书来，但欧妈妈并不满意，因为孩子喜欢看动画片。这让他很沮丧，现在的孩子因为接触太多电子产品，对文字的兴趣也越来越低。

他小的时候特别珍惜看书的时间，能什么都不干，看书看一天。一想到这个，楚先生就想叹气。

这种上了年纪的喟叹广泛存在于许多大人的生活里。但他们似乎并没有注意到一个幸存者偏差——一个爱看书的人，去感慨现在孩子不爱看书。

当年的孩子们如果有电视，有游戏机，大概率也是把书一丢，选择更令人沉迷的娱乐。那些会选书的孩子，本身就已经学会了克己之能。这些人一路顺畅地长大，成为社会各界的主心骨，有了话语权，突然之间，在他们的复述里，当年的孩子是那么优秀，爱看书，注意力集中。

任何时代、任何地方的孩子，其实在很小的时候，就可能会成为各个时期的“幸存者”。

欧妈妈看上去是个受过高等教育的人，不知为什么，她喜欢给孩子更“粗暴”的娱乐——手机、电脑、游戏机。

她说楚先生的书太文雅了，孩子看得累。

病床上，小欧静静躺在那儿，苍白的小脸上戴着呼吸机，因为瘦而显得大的眼睛毫无感情地看着这个胖子。

楚先生说：“那咱们换一本书，这个是绘本，我两年前出的，说的是黑兔子的冒险……”

欧妈妈很警惕："你该不会是来推销自己图书的吧？你给医院拿回扣的？！"

楚先生快哭了："不是不是不是不是……"

欧妈妈叫道："护士！护士！"

护士很无奈地赶来，把楚先生请了出去。

楚先生很生气："怎么这样？怎么这样的！他爸要是在，我是不是就要被揍了？"

护士安抚他："少说几句吧，她家没男人的。"

医院百分之八十五的八卦都存在于护士的嘴里，楚先生以毫无威胁性的胖子形象接近了她们，顺利变成了妇女之友，就算是小护士点麻辣烫都会叫他吃个丸子。

欧家的事他也很快就打听到了。小欧有先天性的呼吸道闭合，其实产检时就检查出来这个毛病了，但母亲执意把他生下来。

这件事让夫妇俩经历了无数次争吵。终于有一天，欧父收拾行李，离开了这对母子。

护士说："我记得她老公是程序员来着，赚得还挺多的，所以孩子刚出生就进了特护，命保住了。"

"她原来也有自己的生意，但现在不知道怎么样了。"

楚先生附和道："对对，她看着就很厉害的样子。"

护士叹了口气："不厉害怎么一个人保住孩子啊？那孩子一开始说是不能生的，要大月份引产，她死活不肯。"

护士小声嘀咕："作孽。"

护士长推着小药车经过："换成你，你说不定也不肯的。"

小护士还很年轻，没恋爱没孩子，所以满不在乎："又没生下来，不肯什么？这个孩子生下来，肯定苦头吃足的。当妈的那么强势……”

护士长说：“说都是这样说的。嘴上说说都轻松的。”

护士长苦笑：“都跟你一块儿几个月了，哪能说丢就丢的？”

楚先生心想，这事怎么界定呢？母亲怀胎几个月了，心存侥幸，期盼有奇迹发生，孩子生下来是正常的。这种时候全世界围着劝都是没用的，孩子又没在他们肚皮里。

现在丈夫跑了，欧妈妈也没抱怨老公，苦全都自己吃了下来。

小护士一边配药一边叹气：“那孩子可怜的呀。那么小，手术都没法做。”

护士又嘱咐楚先生：“你别跟她说啊，她很看重这个的，还在联系 H 市的大医院，想问问能不能降低手术标准。”

楚先生问：“不手术会怎样？”

护士“啧”一声，用脚尖踢踢他：“就是人会慢慢慢慢地喘不过气，要一直依赖呼吸机，到最后机能就不行了。”

楚先生皱着脸：“啊？那真不能手术？”

护士说：“他太小了，手术供氧都……这种还是移植手术，肺部移植，你知道能找到供体的概率有——”

她突然安静了——走廊尽头，欧妈妈踩着小猫跟的尖头鞋气势汹汹地走过。等女人身影完全消失，护士才松了口气：“要么就有奇迹发生，真的有医生敢冒险。”

楚先生第二次去，给两个有先天脑病的孩子讲了故事。那是一对双胞胎，还听不太懂故事，但被逗得咯咯笑。

等从双胞胎病房里出来，楚先生发现对面病房的门开着。打扮精致的女人站在门口，犹豫地看着他。楚先生才发现，虽然欧妈妈看上去很精致，和其他蓬头垢面的病孩母亲不同，但她的精致下也透露着一种精疲力竭的感觉，厚重的粉底难以遮掩眼下的疲惫。

大概是这边病房的笑声把她引出来的——在她身后的病床上，小欧戴着呼吸面罩，呼吸机的声音比之前更响。

欧妈妈问：“你有空吗？过来跟他说说故事吧。”

河马星云

楚先生打开电脑，里面有他剪辑的相片集。

楚先生说：“在很远很远的未来，有一片河马星云，成了人类新的家。”

小欧说：“我听童话故事开头，都是‘很久很久以前’。”

楚先生说：“那个流派过时了，童书也要讲究与时俱进的。”

欧妈妈说：“要不然卖不出去。”

楚先生点头：“对的，采购方很看重童书的时代性的。”

他发现走题了，连忙把话题掰回来。

“总之呀，人类移居到河马星云之后，发现一个问题，那就是这片星云的情况很特殊，它之所以叫河马星云，是因为这片星云就是被河马统治的。”

在那一片星云里，河马进化成了高等动物，成为银河帝王。

人族到来后，河马总督热情地欢迎了他们。河马族的文化、宗教、政体和人类完全不同，它们采取非常神奇的氏族制，由群星中最新出生的孩子来当总督和官员，以此进行统治。

还有一点，它们的繁育必须在水里。脱离水源，新的小河马就无法诞生。

当然还有一些其他的，比如说对水质要求很高、不能吃盐、不能倒立……它们也有战争、阴谋和犯罪。

人类想要找一个定居的地方，河马总督——一头刚出生三天的小河马，穿着蓝色西装——

小欧打断他："为什么是蓝色西装？"

楚先生说："代表对人类的欢迎，因为地球是蓝色的。"

小欧问："它们不是在别的地方吗，怎么知道地球？"

楚先生解释道："它们有一支望远镜，可以看见地球。河马的文明可漫长了，它们曾经见过红色的地球、棕色的地球、蓝紫色的地球、蓝色的地球……它们说，地球有很多种颜色，只是在人类的时代，它是蓝色的。"

人类之所以离开地球，是因为地球从蓝变黑，变成了枯槁的棕色。但河马星云水源丰富，湛蓝的生命之水触动了人类隐藏在基因里的情感，所以他们让飞船舰队降临在河马的世界。

楚先生想，刚才说到哪儿了？对，说到要找定居的地方。

在小总督的带领下，人类来到了新的定居地。但当他们下了大巴——

欧妈妈又打断他："等一下，都星际旅行了，怎么还坐大巴？"

楚先生说："这是使用星际能源的高科技大巴，不是烧柴油的。”

欧妈妈反驳道：“普通大巴也不是烧柴油的，你没坐过电车吗？”

楚先生被说得没办法，只能忽略这个与世界观不适配的细节。

楚先生继续讲起故事：“当人类来到新的定居地，却发现，四周是一片荒漠。”

河马们将一片缺乏水源的地方给了人类，这当然让很多人类感到不满。人类的国王还没有从长途旅行中缓过神来，他用沙哑的嗓音质问：“水源在哪儿？”

河马不愿意让人类来分享水源。毕竟有地球这个前科在，说不定人类会像对待地球一样，把河马星云的水源也污染了。

国王提出了抗议：“没有水源，我们就等于在沙漠里等死！”

河马总督说：“你们能得到多少水源是我们说了算的。飞船里的东西可以用作贸易，你们也可以开垦沙漠来换水。”

人类没有办法，只能从头开始劳作，换取干净的水。已经习惯了高科技的人重新用手握起工具，挖掘黄沙。

很快，人类分成了三个派别。A 派觉得，这样的日子勉强也能过下去，就继续依附河马，靠挖沙漠里的资源去和河马换取水好了。

B 派则觉得忍无可忍，要推翻河马的统治，继而夺取整片星云的控制权，让这里像地球一样，由人类说了算。

C 派主要由科学家构成，他们希望能和河马交流新的科技，将沙漠改造成适宜人类生存的环境，让人类有一个能稳定获取水和粮食的途径，逐渐不再依靠河马。

就这样，人类与河马、人类与人类，开始了他们的故事。

楚先生回了爱呀河小区。他租了老纪边上的房子，这让老头觉得很烦，没给他好脸色。

而且老纪并不算好邻居，七楼经常发生住户投诉的情况，因为老纪喜欢打开大门，而他自己烟瘾又很重。邻居觉得走廊都被烟味熏入味了，几乎每个月都要吵。

老纪曾因为楚先生家的那位亲戚受过很大的打击，仕途全毁，大家怀疑这老头是不是受的打击太大，心理有了问题，导致执着于开门。其实每个人几乎都听说过这种传闻，“那个亲戚 / 邻居以前出过事，所以不太正常”。

人就是这样，只要被贴上了一个“不太正常”的标签，根本不用深究到底不正常在哪儿，就足够让人退避三舍。

今天他回家经过老纪的房门时，门户大开，里面飘来浓重的烟味。从玄关能望见客厅，橘色夕阳照进烟黄的屋子里，茶几上满满都是啤酒罐。

有个老头，大概是老纪以前的同事，和他很熟，路过 705 室门口时冲里面喊：“你可别再折腾了，这把年纪了，体检了没？”

这个角度看不见老纪，但老头八成窝在沙发上看报纸，只听见老人闷闷的声音传来：“没。”

老头说：“我让我儿子陪你去，他是医生。”

老纪拒绝：“不用。”

老头也不客气：“你要是喝死在屋里头，就会连累大家的房价。我儿子还指望这套房当婚房呢。”

老纪嘿嘿笑：“让他去桥洞下头结婚去。”

大家说笑一阵，各自散了。楚先生捂着口鼻探头进去：“老先生……”

老纪果然在沙发上看报，头都没抬。

楚先生问：“你晚饭吃了吗？我买了菜，一起吃吗？”

老纪说：“我不吃别人做的菜。”

楚先生说：“那我分你一点五花肉和青菜？”

老纪还是拒绝：“我自己买。”

那老头进家拿了太极剑，打算去公园晚锻炼，他走过来拍了拍楚先生的肩：“怎么？你怕人家胖作家老师给你菜里下药，劫财劫色？”

“胖作家老师”这个称呼杀伤力太大，每个前缀后缀都有次方级别的攻击力，楚先生低头回去了，决定今晚吃素一点，今天开始减肥。

减肥

刚开始减肥时楚先生总能神志不清地梦见有人跳舞。

不是他自己跳舞。他胖得像颗球，只会在地上弹。人饿出了幻觉，就会开始幻听，好像能听见有人在地板上踩着舞步。

“1-2-1，1-2-1-2-1……”

舞步混杂水声，仿佛践踏着湿润的地板，趟涉过柔润的奈河。

因为乱节食，楚先生进了医院。发现他的人是老纪，当时他饿昏在床上，浑身都是冷汗。

老纪拖他出去，边走边骂："你脑子里装的是啥？！糨糊？！"

老纪说："我就搞不明白了，以前都是想吃没得吃，现在的小姑娘小伙子一个个都把自己饿成骨头架子，图啥啊？！"

楚先生饿得神志不清："为啥……为啥……"

到了医院，吊了葡萄糖和盐水，胖子总算是缓过来一口气。老纪先回去了，把他丢在走廊里。

楚先生啃着巧克力，委屈巴巴的。

反正都住医院了，他想，去看看小欧吧。有两周没去了，不知道孩子怎么样了。

小欧的病房还是老样子，比外面的普通儿科病房安静许多。楚先生这次再去，发现病房里聚集了不少孩子和家长。

孩子们都趴在病床上玩，家长聚在一边唠嗑。看见楚先生也穿着病号服进来，小孩们发出了哄堂大笑。

欧妈妈惊讶地看着他："呦，你也进来啦？"

欧妈妈说："你不来的时候，他们就一直替你编那个故事。"

楚先生问："编故事？哪个？"

欧妈妈说："河马的故事。"

楚先生缺席的时间里，小欧把故事告诉了这里其他的孩子。结果来的孩子越来越多，都等着他继续说。

但故事其实只有个开头，就在人类困境那里戛然而止，孩子们等不下去了，自己开始往下编。

有三个孩子是主力军，简直把这间病房当成了他们编故事的大本营。三个孩子分别认领了人类A派、B派、C派的故事线，剧情点已经走到人类内战了。

欧妈妈说：“现在孩子很早熟的。”

楚先生咂咂嘴：“但我就没想到会这么早熟，谁先想出内战的？”

是那个女孩子，领了C派科学家线的人。女孩觉得另外两个男孩烦得要命，她在给人类设计科技点让他们走出困境，结果A线和B线的代表在旁边吵得不可开交，影响她思考。

女孩说：“所以应该先研究出一个大的高科技的盒子，有瞬间传送功能，把那些阻碍科学家研究的人传送到外太空。”

楚先生擦汗：“外太空没氧气，温度是零下二百七十度。”

女孩冷酷道：“他们自己想办法，关我什么事。”

真是无情的科学家。

A派和B派的人自然不会束手待毙，打算先下手为强，把科学家的电脑、手机都没收了，所有计算只能用手算。

选A路线的小男孩估计在学校里就是个得过且过的家伙，觉得人类跟河马做生意就能活下去，那就这么混着呗。沙漠也有东西能挖，比如拿骆驼跟河马换水……

他就想着弄更多的商品，给它们定价，买一赠一，弄购物节，找推销员。

怎么让河马心甘情愿地开好价格？找女主播带货啊。他想让小女孩去直播带货，卖沙漠特产。

女孩不同意：“我要搞研究。”

男孩说：“那你还可以是国王的公主，有一栋城堡的仆人帮你做研究。”

楚先生想，国王是该有一个公主的，这个公主说不定也确实支持着C派。故事到了该继续下去的时候。

支持贸易派的国王开始培养开垦者、商人与谈判家，为了能在贸易中获益更多，他做了个决定——将公主嫁给下一任的河马总督。

科学派得知这个消息后陷入了巨大的动荡。公主是主导进行科学研究、改善生活模式的先行者，如果她被送走，所有的研究都会停滞，还会失去长老会的支持，而且花容月貌的公主嫁给一头河马，怎么想都很奇怪。

实验室里，有一位出身贵族的青年才俊早已对公主有意，他暗中和公主说："我带你私奔，逃避这场命运。"

但公主觉得两个人只是同事，还没到那层关系。

女孩子忽然抬头，镜片后的眼睛闪闪发亮："那青年才俊帅吗？"

楚先生没想那么多，这让她特别失望。

公主的婚约很快就敲定了，但科学派并没有那么轻易放人。公主首先就提了三个要求，第一个要求是替国王提的，那就是河马需要为人类免费提供每个月固定的生活用水。

仅仅是满足最低生活保障的"用水低保"，河马答应了。

第二个要求是公主自己提的。

楚先生让那个女孩自己提。女孩不假思索道："家里要装自动洗碗机。"

第三个要求则是出于科学派的考虑。她的陪嫁品，是整个科学派的实验室与人员。

三个要求一出，人类顿时炸了锅，这等于是把全体科研人员带去了河马那边！

与此同时，B 派，就把它叫作武力派好了——武力派的将军决定阻挠这次联姻。

楚先生说：“将军决定抢亲，阻止公主嫁给河马。于是，在仪仗队出发的前一天夜里，将军策划了抢亲路线……”

女孩问：“将军帅吗？”

楚先生说：“不帅。”

女孩立刻道：“我没问题了，继续吧。”

将军的拦截行动就安排在河堤上。出发的当天，送亲队伍浩浩荡荡的，带着人族的贵重礼物，驶向河马的王国。

楚先生说：“比如说黄金啦、石油啦……”

男孩大声激动道：“还有游戏机和卡带！”

楚先生顿了顿：“好，还有游戏机。”

另一个男孩嘿嘿笑：“还有可乐！芝士瀑布炸鸡！螺蛳粉！”

楚先生的眼角抽了抽：“河马不喝可乐！”

小欧妈妈觉得他太不容易了，塞了瓶冰可乐过去，给他润润嗓子。

女孩叹气：“应该送全色号的口红，就是那个壳子尖尖的牌子，让河马试色……”

楚先生无力道：“你们这些小孩子平时少看点短视频！”

将军一声令下，士兵们包围了公主的马车……

小欧转头问：“妈妈，之前是飞船，后来是大巴，现在为什么变马车了？”

楚先生说：“这是核动力马车！核动力！”

小欧说：“核能让车动起来，那马在干吗？”

楚先生被问住了：“马……马……马是公主的陪嫁宠物。”

楚先生咳了咳：“总之，公主被包围了。但是车门一拉开，士兵们都惊呆了！”

男孩嘲笑女孩：“因为公主是个眼镜钢牙妹！”

女孩“哇”地哭了，病房里乱成一团。家长们斥责的斥责，哄娃的哄娃。

楚先生说：“才不是！公主原来很漂亮，士兵们都知道。但此时车里坐着的公主是个胖子。”

他骄傲地抬起头：“和我一样胖。”

公主在这段时间里疯狂增肥，吃成了胖子。她已经预料到了将军的抢亲，于是决定把自己吃胖，胖到士兵们都拖不走她。

他们想靠拖走马车来拖走公主，但核能马车的能源耗尽了，两匹马只会卖萌。

这样下去，河马那边很快就会意识到公主被拦截了，然后来拖走公主。河马体型巨大，应该是拖得动公主的。

但就在两方人马交战时，意外发生了——因为公主太胖，这座桥被压塌了。“轰”的一声巨响后，胖成球的公主掉入了湍急的江水里，不见了。

病房里的孩子都不说话了。

过了很久，只听见女孩子的声音。

女孩焦急问道：“那马呢？两匹小马呢？”

楚先生说：“马不帅的。”

女孩说："我不管马帅不帅，那是小马啊！"

弹珠

爱呀河小区门口往东五百米的一个十字路口，有个老太婆常年在这里碰瓷。

她也没成功碰瓷过谁，就沉着脸在路口挡着，司机挥挥手，她就让开了。

因为碰瓷的手法太低劣、次数太频繁，周围所有人几乎都认识她，还成了城市一景。网红主播甚至过来取材，拍摄"瓷阿婆每天出工"记录。

后来真的碰到一个缺根筋的，瓷阿婆被撞了。

被撞之后她在医院住了两个月。那个一紧张就把刹车当油门的愣头青更惨，陪了两个月的床，赔了钱，还丢了工作。

在愣头青宝青的人生里，"倒霉"这个词似乎贯穿终身。出生时，卫生所的老医生不当心用力拽了一下他的腿，结果导致孩子的两条腿一长一短；因为长短腿，他不能考 A 牌驾驶证，没办法当跑货司机——宝青的老家被称为"物流之乡"，从刚改革开放起，跑货司机就是当地普通男孩最稳妥而简单的人生选择。

那个老医生没有孩子，大概是为了补偿，愿意认他做干儿子。在很久之前，父母的岗位是可以直接传给孩子的，卫生所的医生是个还不错的饭碗。结果等宝青长大，这个事儿就没了。

宝青有女朋友，是在电子厂认识的。因为快谈婚论嫁了，父母拿积蓄给他买了辆国产电动汽车。宝青白天在厂里当仓库管理员，晚上开专车赚外快。

结果宝青就撞了人。

女友和他关系断了，婚事也吹了，他还要天天照顾个苦瓜脸老太婆。

老太婆的嘴巴很毒："你怎么长短腿，像撅了的筷子一样？"

宝青诺诺道："我有残疾证的。"

瓷阿婆怒上心头："你一个残废，开什么车？！长短腿，刹车都踩不到！"

宝青嘀咕："自动挡只要一只脚。"

瓷阿婆怒骂："我现在也只有一条腿，赚钱都没法赚，我以后怎么过？！"

护士刚好进来换药。瓷阿婆的碰瓷太有名了，附近的人都认识她。

泼辣的护士把托盘一放："您省省吧，您赚钱不就是靠碰瓷吗？好不容易碰上个老实人，逮着人家可劲儿地欺负。"

瓷阿婆冷笑："你们都别狂，等我儿子回来了，把你们一个个都收拾了！"

瓷阿婆本名赵贵妮。她有个儿子。每周老太太都会特意穿戴整齐，涂好口红，戴上金耳环，坐马路花坛边用旧手机和儿子煲电话粥。她嗓门很大，半条街的人都能听见，知道她在和儿子聊天。

她威胁宝青时也是这样："等我儿子来收拾你！我这就给他发消息！"

宝青怕真的有个彪形大汉冲进来把自己打一顿，每天战战兢兢地端水伺候。

楚先生去给孩子讲故事的时候知道了宝青的悲惨故事。他做记录的时候，宝青靠在医院大门口，丢掉一个烟头："算了，是我不当心。"

楚先生问："那你之后怎么办？"

宝青摇头："先去试试和女朋友和好。"

楚先生说："她怎么说？"

宝青说："她要我告她，告到底。我觉得事儿太多，没答应，就分手了。"

楚先生几乎想象得出女方的崩溃——被碰瓷也就算了，这男人居然就这么认命了，换他他也分。

宝青说："不过我也想静一静。工作丢了，从厂里出来了，反而可以静一静。"

楚先生说："工作忙？"

宝青点头。做仓库管理员很忙，而且要值夜班，没啥升职前景，工资也就那样。

但家里在催，父母都希望儿子赚大钱，女方也在盼望，想要结婚后过上好日子。

宝青有点残疾，没啥学历，就是老实，所以能当仓库管理员。但是当仓库管理员容易出事，因为手上过货。

以前的同学做生意赚了大钱，在同学会上整个人的气派都不一样了。宝青问楚先生几岁，得知两人差不多年纪后，他问："你有没有类似的着急的感觉？"

楚先生说：“你是说年龄焦虑？到了这个年纪还没当上管理层，没结婚，没孩子，人生原地踏步，周围人好像都轻轻松松就往前走了？”

楚先生又说：“别焦虑，会好的。”

宝青好奇：“怎么不焦虑？会怎么好？”

楚先生安慰他：“其实每个人的生活就只是个人的生活啊。不要去和别人攀比，说起来就这么简单，但主要还是心态要摆正。”

宝青怔怔地看他：“但别人就在你边上晃悠，你要怎么不看他们？”

宝青问：“你焦虑过吗？”

楚先生不太好意思说，看见小孩子手上的童书都来自另一位老作家时，他也会焦虑几天。

宝青有时候又很羡慕瓷阿婆的儿子。听她打电话的内容，会觉得母子俩关系很好，阿婆很细致地问儿子生意怎么样，吃得好不好，老婆有给他吃补品吗，孙子听话吗……

他和妈妈的关系就很淡。妈妈更喜欢弟弟，这很正常，父母大多都疼爱小儿子。而且宝青和他弟弟站在一起时，就好像武大郎和武松。

弟弟生得高大、白皙、眉目端正，在城里的酒吧工作。虽然赚得没哥哥多，但职业听起来很时髦。

平时他油头粉面地回家，就会被妈妈当个宝贝似的搂着。宝青每次看见都闷闷地站在一边抽烟。可就算这样也会引人嫌，母亲轰他去阳台抽，别在这儿抽，一身臭味。

瓷阿婆和儿子打电话时，他也站在一边。瓷阿婆不轰他，就让他听，像是炫耀。

瓷阿婆说起儿子时神色十分得意。她儿子是做生意的，在外面可忙了。那个儿媳虽然贤惠，可终究帮不上什么忙。

楚先生每周定期去儿科病房给孩子说故事。来的孩子越来越多，把小欧的两人间挤得满满当当。

胖公主落水后，因为她太胖，像皮球一样漂了很久很久。但在水里没有东西吃，公主很快又瘦了下去，漂不动了……

她在水里挣扎，就在这时，水下有个庞然大物救了她，托着她浮出水面。

楚先生说，那是一头健美的母河马，她的身侧还跟着一头小河马。

母子两个救了公主，带公主回了自己的家。

河马的建筑物都是古朴的巨大石质建筑，毕竟它们没有手指，无法灵活操控工具。

在水边的密林深处，有一栋粉红色的石头房子，母子俩就居住在这儿。小河马才出生一天，就已经会游泳了。

公主看着母河马给孩子哺乳，有些怔怔的。她不记得自己的母亲了，在人类太空旅行的期间，她的母亲就去世了。

得知公主要嫁给河马总督，母河马有些惋惜："河马的总督更换得很快，有时候一天就会换十七个，新的小河马不断出生，每只河马都会短暂地成为总督。"

公主说："那就没有河马试过让河马世界里没有河马出生，并且趁着这段时间修改规则，让年长者成为总督吗？"

母河马说："当然有，河马世界里所有的战争几乎都因此而起。"

公主问："那要怎么避免？"

小男孩打断楚先生："这女的话怎么那么多？"

几个小男孩没耐心听了，开始玩起游戏或者变形金刚。病房里的气氛迟滞，听的孩子越来越少。家长在说家长里短，孩子在结伴玩乐，只有几个没人陪着玩的小孩仍眼巴巴坐在楚先生身边，等着公主得到回答。

楚先生说："救了公主的母河马也曾当过总督。那时，母河马的父母想让女儿更久地留在位置上，于是他们暗中搜捕新出生的小河马。"

但是事情很快败露。在新的河马出生后，母河马一家遭到了驱逐。

母河马给公主喝了药草炖煮的鸡汤，让她暖暖身子。她被驱逐后就住在这片林子，故乡的城已经回不去了，因为人类的武力派攻占了那座城。

母河马请求公主："能不能用你的身份让人类离开那座城？"

公主就是为了逃避武力派的抢亲才沦落到这儿的，如果再回到武力派面前，一切就白费了。

只是，河马对她有救命之恩，于是公主想了个办法。

楚先生问那个聪明的小女孩："你觉得公主想了个什么办法？"

小女孩说："报警。"

楚先生补充道："呃……深山老林没有电话可以报警哦。"

小女孩又说："拍视频发到短视频 APP 上号召大家出力。"

楚先生深深吸了一口气，试图平复情绪："公主决定化妆成另一个女孩的样子，去那座城里劝武力派离开。"

于是，公主的下一个目标就是弄到易容的化妆品。她没有钱，只能靠自制。

她先收集深林里洁白的黏土，但每一捧黏土里都有小河马的尸骸。于是，她把这些骨头磨成粉末，敷在脸上。她的妆容不断在融化，好像有很多只小河马在流泪。让小河马做一个族群的总督本身是大河马们想出来的事。他们躲在小河马的背后，于是，小河马的背后躲着越来越多的大河马，越来越多。

每只大河马都想拥有一只能当总督的小河马。如果总督出了错，大人就会说"孩子不懂事"。

公主伪装成一个容貌丑陋的女孩，进入了那座城堡。

瓷阿婆住院期间，经历了一次抢救。

和车祸没关系，纯粹是因为她年纪大了，突发脑出血。

她在 ICU 里昏昏沉沉的。宝青不知该怎么办，医生问她有没有家属，他不知道，他结结巴巴地解释："我就是个撞了她的倒霉人，我怎么知道？！"

阿婆手机里也许有儿子的联系方式，可手机密码没人知道。宝青只能继续倒霉，守夜陪床，等着她醒后的狂风暴雨。

一周后，她醒了。如他所料，她索要了更多的赔偿，要求宝青负赡养责任。

于是，一个新人物加入了战场——她就是宝青的母亲，一个脾气泼辣的女人。她原本是进城来看病的，听说了大儿子的事后，提着包就杀了过来。

宝青妈妈冲进病房，指着瓷阿婆就开骂：“你要赔赔要告告，我告诉你，你逼死我儿子，我也和你拼命！”

宝青的弟弟陪妈妈一起来的，他在旁边低头玩手机，时不时笑一阵。

瓷阿婆气到发抖，又掏出了老三样：“我叫我儿子来收拾你……”

宝青妈妈说：“儿子？不就是比儿子吗？我有两个，我还有个老头子，你把你儿子喊来我也不怕！”

突然之间，“我有儿子”的威慑失灵了，她们像是两个自以为拥有了核武器按钮的人，一个有一个，一个有两个。护士们、其他病患、家属们聚在门口，看着她们大笑。“儿子”这个词的出现概率一旦占据对话的百分之三十以上，就会产生某种诡异的欢乐感。

宝青妈妈拿过床头的手机丢给瓷阿婆：“你打电话给你儿子，叫他来！现在就来！”

椅子被拖拽时发出刺耳尖响，她坐在病床边：“我等他来！我跟我两个儿子一起等他来说个明白！”

瓷阿婆的手指着宝青妈妈，颤抖不已。她的嘴唇也在颤抖，头发也在颤抖，惨白的脸像晕了字的宣纸，什么都表达不出。

瓷阿婆又昏了过去，抢救后才回过气。

宝青还在，不敢走，但妈妈和弟弟已经去酒店了。

阿婆醒来后第一件事就是去摸自己手机，打儿子的电话。宝青在床边候着，茫然地听她对手机嘶吼：“你现在就过来，好，妈妈等你，你替妈妈收拾他们，好，我在的，我就在XX医院X号病床——”

宝青咽了口唾沫：“阿婆……”

瓷阿婆瞪着他：“你现在求饶晚了！”

宝青说：“阿婆，那是我的手机。”

她从床头柜抄起来的，是宝青放在那儿的手机。

从那之后，瓷阿婆就安静了。

人们都知道了，这个可恨的老太并没有什么儿子——她很早就和老公分开了，没孩子，一个人靠着低保生活在这座大城市。

小护士们平时也受够她的气，偷偷骂：“活该。”

她急剧地老了。出院后，人们又时常看见她坐在马路边，但不像从前那样冲到路上碰瓷。她只是在那儿坐着，像个瓷器花瓶一样，只是上面布满了裂痕。

也没人再见过她给“儿子”打电话。

宝青的生活恢复了正常，他找了新的工作，朋友介绍的。下了班，他会开一会儿专车赚外快。

每次经过那个路段，他都会条件反射地压低车速。还好，没有一个老太太冲出来，躺在他车轮底下。

A市的秋伴着暴雨。那是个很深的夜，宝青送完最后一个客人，结束接单，已经是凌晨一点了。

车经过那个路口，便宜的国产电动汽车在大雨里有些不稳。宝青计算着存款，他想，是先办婚事还是先换车？换车不太实用，这车还能开，但女友好不容易回心转意……

接着，他看见了路口的身影。老妇人坐在暴雨里的花坛上，呆呆地看着往来的车灯。

宝青的车开过去，又开回来。他摇下车窗，朝着她喊：“要不要去吃点东西。”

宝青把她接去了一家二十四小时营业的快餐店，给她买了个大套餐。瓷阿婆吃着吃着，突然说：“我其实有个儿子的。”

宝青低头玩手机，没搭理她。

瓷阿婆说：“但是我打掉了。”

她怀孕的时候一直在流血，浑身痛和抽搐。有个医生说，肚子里的孩子已经死了，不能再留在肚子里。那时候还没B超，家里人把她送去医疗站，过了一会儿，孩子被拿掉了。

但她在那一瞬间有种感觉，就好像是这个孩子其实没有死。可这不重要了。

因为在那之后，他们再也没有过孩子。

瓷阿婆想，要是那时候坚持下去，相信孩子没有死，能生下来，说不定孩子现在已经成家了，会很高大，会当老板，有一儿一女。

宝青说得轻描淡写：“生下来也未必喜欢。我妈只喜欢我弟。”

宝青说：“你这种想法都老了，现在很多新想法，一个人也能过……”

瓷阿婆说：“我本来就老了。”

无论是以前还是以后，人类的想法总是有新的。一个人过好，还是儿女双全好？单身一辈子好，还是成家好？每个想法背后都站着一个人，但人类只在乎想法，不在乎人。

宝青突然觉得，他们像是被看作了弹珠。小时候，孩子们把弹珠紧密地铺在地上，用一颗弹珠去打那个方阵。弹珠打进弹珠堆里，忽然像是身边有了很多人，又忽然，所有人都分开了。

弹珠用什么轨道打入方阵、用多大的力道、路上遇到什么样的颠簸……任何微小的起伏，带来的结果可能天差地别。

弹珠们四散，也许终其一生都无法再汇聚。

宝青送她回了住处。令他意外的是，瓷阿婆的住处并不破旧。那是一套爱呀河小区里的老房子，不大，但打理得很干净。如果来这儿做客，很难想象这个老妇人平时在外面的作为。

楚先生再遇到宝青是打到了他的车。

两人聊了一会儿，楚先生问："你就走了？"

宝青说："跟我又有什么关系，干吗多聊。"

楚先生想，这大概就是人与人的不同了。像自己这么事儿多的人，一定会问讨人厌的问题，比如说，为什么没有孩子就和老公分开啦、这么多年夫妻还有没有联系啦、和亲戚有没有联络啦、为什么喜欢碰瓷啦……用老纪的话来形容就是"脑子有病的问题"。

老纪觉得他闲得慌，拿着本破烂笔记本（楚先生声称这是意大利产的纯牛皮封面笔记本），猫在人们身边，絮絮叨叨地问这个问那个……

老纪说："反正闲得慌，干啥不去医院哄孩子？"

楚先生就灰溜溜地走了。上次他的故事说到，公主混入被武力派占领的河马城，她易容成了一个丑陋的女孩子。

在那个环境下，一个丑陋的女孩子过得还是比较艰难的。

体力活的招工都不要她，招女主播的职业又觉得她不够漂亮。

当个普通的文员吧，好像这辈子都很难接近将军。而且公主不喜欢坐办公室。

小欧问："什么叫坐办公室？"

女孩说："就是上班！当工作党！"

小欧说："那公主怎么办？要不就不管这座城了吧？"

公主先找了份司机的工作，靠着接送将军上下班来套近乎。还好她在老家有学过核能马车驾驶，在新城市重新考了一遍科一就上岗了。

她很快注意到将军的习惯，将军坐车上班的时候一路都喜欢玩手机，根本不管车往哪儿开。

于是，公主就这样载着将军，开出了城，开进了原始丛林。

女孩又问起那个她所关心的问题："将军帅吗？"

楚先生说："宝宝，之前说过了，一般般吧。"

女孩叹气，大概想矬子里面拔将军："小河马、将军、青梅竹马、马，哪个最帅？"

楚先生说："这都跨物种了，不太好比较啊。一定要放到一起比的话，那还是马吧。"

女孩问："能给马加戏吗？"

根本没人在意人，有马的话，谁还在乎人啊。

原始丛林

公主把将军带出了城，城内局势发生了突变。将军因为那天没有打卡上班被武力派开除了。

将军现在只是个普通的失业中年男，家里还有老婆孩子要养。听说了自己被开除的消息，他蹲在树根上崩溃地哭了。

几个小孩哈哈笑：“他好逊哦！”

病房角落里不知道哪个孩子的爸爸默默摸出一支烟，走出病房，走向吸烟区的方向。

将军没了工作，就不是将军了，城市也被河马重新夺取。

将军埋怨公主：“小小年纪不干正事！”

楚先生说着说着，觉得这个将军长了张老纪的脸，看啥都不满意。

更麻烦的是，河马开始反攻人类了，人们被逐出城市，四散奔逃。它们也发现了迷失林中的公主和将军，正打算消灭他们时，母河马出现了。它和族人交涉，让它们放过公主。

小欧点头：“毕竟公主帮了它们呀。”

楚先生：“母河马出面是希望公主嫁给自己的小河马。因为她的宝宝比现在的总督出生更晚，所以，要嫁给总督的公主，应该嫁给自己的宝宝。”

小欧明白了：“她希望自己的孩子当总督。”

楚先生点头：“按河马的规定，她的孩子确实是总督。”

所有的河马都叩拜了新任总督，尽管它们的四肢粗粗胖胖的，而且叩拜的时候还窃窃私语。

有的河马说："这不是婚生子啊，河马妈妈和谁生的孩子？有登记吗？谁知道这个孩子是不是河马妈妈从哪儿捡来的。"

有的河马说："河马和河马生的才是河马，但谁看见小河马的爸爸了？万一这只小河马是河马妈妈和其他动物杂交的呢？"

那个去抽烟的孩子爸爸回来了，听见这一句趴在门框上笑了起来。

有的妈妈啐楚先生："说什么呢，小孩子家家的！"

那爸爸反而拿了包零食，坐在旁边期待了起来："你说，继续说。人跟河马呀，又不是人跟人。"

楚先生有时候觉得，男人，真是神秘又莫测。

河马们本来要处理了将军的，但此刻为了驳回母河马的建议，它们决定留下将军，并证明小河马是将军和母河马的孩子。

这样，小河马的种族就不是河马了，可能是人马或者马人，自然也就失去了成为总督的权利。

河马们先教小河马喊将军"爸爸"，小河马很茫然，因为它还是分得清人和河马的。

河马："爸爸，快喊，爸，爸……"

小河马："欸。"

小河马直接应了一声，占了老河马的便宜，把一群河马气得火冒三丈。

它们检查了小河马的身体，看看有没有和将军一样的胎记，一样的头发或者眉毛眼睛……将军本来都快不耐烦了，结果就在大家拼命检查的时候，他的妻女循着动静找了过来，来找失踪多日的将军。

将军夫人一看这个架势，还以为自己老公要上绞刑架了，但是一打听才知道，是河马星人在滴血认亲，调查将军和母河马有啥关系。

将军夫人暴怒："我就知道他干得出这种事！"

她拽过女儿的手，气冲冲地走了。

将军彻底泄气了，他抬起血红的眼睛，直接对面前的河马说，对，小河马是他的孩子。

母河马尖叫一声，伴随着其他人的哄堂大笑，她昏了过去。就这样，她的孩子失去了继承权。

小欧觉得很不公平，河马星云的规则本来就是年幼的小河马当总督，但没有一个人愿意去遵守规则。母河马的父母也好，那些想污蔑母河马的人也好，都在用规则违反规则，再重新建立规则，让所有人服从。

公主和她的陪嫁——科学家们——被河马们带回了城。接下来，它们就开始轰轰烈烈地讨论起来，公主应该嫁给谁。

迁徙过来的人类毕竟人数众多，而且同为高智商动物，掌握了不少科技。如果能和公主在一起，对于现任总督的家族来说绝对是有利无害的。尤其是人类的兽医熟练掌握了绝育技术，如果它们学会了，那就等于立于不败之地。

小欧听故事，听得有些累了。他靠着妈妈，轻声问："不让新的小河马出生，河马不就越来越少了吗？"

楚先生说："河马的长老很确定，是人，或者说，是人类的绝育技术，消灭了河马。它们是无罪的。”

小欧缩了缩身子：“我觉得当河马好烦。”

当河马，一出生就要先当总督，在懵懂无知的时候承担所有族人的希望；长大了，它们的希望转移了，小河马就被丢在了一边，和所有大河马一样默默地成长。

小欧摇摇头：“也不是不好。”

小欧说：“河马宝宝好像都不会生病，这个星球上也没有医院。人会生病也很烦。”

下午三点，小欧要吃药了。护士推着小药车穿梭在各个病房给孩子发药打针，他的药格外多，几乎可以算半碗饭。

随行的还有一个医生，是个有点年纪的白发老先生，照旧和蔼地和孩子说了几句，就把小欧妈妈叫出去聊了很久。

儿科病房里的家长，一般都会有通用称呼，就是“孩子的昵称”加上“爸爸”或者“妈妈”，比如圆圆爸爸，小美妈妈，英英妈妈……

小欧妈妈有个很好听的名字，叫张焕冉。

张焕冉以前是金融精算师，现在是自由职业。她并不差钱，前夫也是互联网电商行业的高收入群体。

这个家庭的年收入在两百万左右，不管在哪个地区或者国家都属于高收入人群。在三十五岁那年，张焕冉决定要个孩子。

事业已经稳固，余额十分充足，充分的育儿学习，他们觉得已经做好了所有的准备。

张焕冉在阳台抽了一支烟。她回头看病房里，护工在陪着小欧，这个农村老太太哄孩子只会那么几下，好像孩子不是孩子，而是小牛小羊。

小欧不耐地侧过头，呼吸面罩笼罩了大半张脸，显得双眼格外地大。他就这样静静地看着妈妈，张焕冉不敢看他，转头面向城市的夜。

她越来越不敢和孩子待在一起，自从小欧问了那个问题。那是在他听完河马的故事后，晚上孩子睡在她的臂弯里，问了那个让她害怕的问题。

小欧："妈妈，河马生孩子，是为了让孩子当总督。"

张焕冉："嗯。"

小欧："那你为什么要生我？"

张焕冉做了个梦。

她梦见自己正在一片热带雨林里，穿过沉重的、湿润的叶子，看见一头刚出生的小河马。

它的皮肤还是红的，带着血丝，它的身躯周围裹着透明的黏液，随着它的呼吸起伏而闪闪发亮。

不知道为什么，她觉得它快要死了。

她把头抵在小河马的腹部，想听它的心跳。但它的喉咙里发出"咯咯"声，心跳越来越轻。

张焕冉的梦散了，她恨起了那个楚先生，什么作家，什么童书创作者，他就是个恶鬼。

河马的故事还在继续。但楚先生下一次去的时候，小欧和张焕冉不在病房。其他家属告诉他，那个小孩子早上被推出去抢救了。

几个妈妈窃窃私语："你看到她哭了没有？"

那个妈妈点头："哭了呀。她还跑去走廊那头打电话，不知道在叫谁来。最后谁都没有来呀。"

有个阿姨很敏锐："她可能给孩子他爸打电话。"

那个妈妈惊讶："叫他干吗？他能干吗？这个小孩跟他还有什么关系？"

阿姨说："我打听了一下，其实夫妻之前感情还挺好……"

楚先生积极发挥妇女之友精神，见缝插针跳入战局："要是因为孩子治疗的压力分手，说不定夫妻关系本身还不错……"

一群人叽叽喳喳讨论半天，小欧被推回来了。人还迷迷糊糊的，戴着个氧气罩。

惰性气体

老纪回来的时候，看见楚先生在楼下被围住了。他身边都是附近的阿姨和妈妈，有不少人带着孩子，围着楚先生叨叨个不停。

仔细听了，原来是要给他介绍对象。楚先生连连摆手："算了算了，算了算了……"

老纪把她们轰走了："一群媒婆！你们牵成功了谁啊？"

爱呀河小区的阿姨妈妈们的牵线手法有待提高，至今为止拉上的大多都是烂桃花。

楚先生叹气："我比较二次元。"

老纪没听懂："什么？什么圆？"

楚先生抬头看天："没事。"

老纪嘀咕："神经病。"

楚先生陪老纪去买水果，看到很多老人家里都会备个小拉车。老纪不肯用这个，他觉得丢人。

上个月老纪因为搬西瓜把腰闪了，社区来的女孩子被他凶走了，楚先生自愿顶上，想从老纪那里混一点关于那个人的情报。

老纪还是那几句话："有什么好说的？！自己上网去搜！"

楚先生说："那都是真的吗？可你为什么没认出来呢？"

老纪说："鬼记得。"

一阵风刮过，两侧梧桐沙沙作响，黑影摇曳，两人一时都不说话了。

楚先生过了一会儿才开口："你觉得会有鬼吗？"

老纪重新拎起东西，走在前面，一声不吭。正是夜里散步的时候，附近许多小区的居民都出来了，有几个小孩在打羽毛球，拍子一下一下响。

老纪说："我不知道。"

"人没遗憾的话，留个鬼做什么。"

楚先生说："那你们过得还挺开心的？我以为他会尽可能离你远点，找借口离开家。"

老纪看着他："你想说什么？"

楚先生说："我是说……其实那件事，那个人，也许和别人想的不一样。"

"你不想告诉其他人吗？其他人嘴里流传的他，可能是假的。”

老纪摇头：“我不想。”

楚先生这次很固执：“但我想。我想把那年的事真实地写下来，我会换掉名字、城市……”

老纪已经走远了，听见他的话突然暴怒起来，将西瓜砸了过去。楚先生吓得一躲，它被砸烂在地，血红的果汁流了一地。

老纪喘着粗气：“你到底想听什么？”

楚先生原该吓得不敢说话，但此时此刻，他猛然意识到，自己离那个真相其实只有一步之遥。

藏在楚家人血脉深处的某种博弈的天赋觉醒了。他想赌一把，赌输了，大不了被老纪拉进黑名单。

就赌一把，楚家人都很好赌。

楚先生说：“你为了什么在难过？”

老纪：……

楚先生说：“你不承认，你就会这样自苦一辈子。”

老纪瞪他：“我没有觉得苦。”

楚先生看着地上砸碎的西瓜，有蚂蚁围绕甜水，慢慢爬上瓜肉。

楚先生又问：“你想他吗？”

老纪转身走了。他走得很快，因为腰和腿都是伤病，一旦走快了样子就会很可笑。

他跌跌撞撞地走过人群，周围都是低着头玩手机的人，曾经熟悉的声音越来越少，比如自行车的铃声，挖泥鳅的孩子的笑声……

他在一处路口因为闯红灯被协管拦下，协管说：“老大爷，红灯，红灯！”

老纪怔怔地站住，想把双手插进口袋，但这件衣服没有口袋，这不是他的旧夹克。

旁边有一对情侣在打闹，女孩子从后面揽着男孩，把手插到男友外套的口袋里，嘻嘻哈哈地过马路。红灯变绿了，老纪还站在那儿，直到后面楚先生气喘吁吁地追上来。

老纪没哭，但楚先生在哭。他就像块海绵，就算对方什么都不说，也能感受别人的情绪。

楚先生在这老头面前哭得停不下来。路人纷纷侧目。老纪静静地看他哭，看了很久，像看一瓶走了气的可乐。

老纪说：“你过得那么好，你伤心什么？”

楚先生说：“我不知道。”

楚先生问他：“你为什么要留在这儿？”

老纪说：“我走不动了。”

楚先生又问：“我是问你，为什么留在爱呀河？”

老纪说：“没钱搬家。”

楚先生摇头：“你得认清现实……你就算一辈子留在这儿，也不会有人来的。”

忽然，他看见老纪笑了。

老人眼睛是湿润的，看着他，摇头笑了。

老纪说：“不是啊，你看，你看……”

“你不就来了吗？”

人等久了，总能等到些什么的。

在下一个周末，楚先生去给孩子讲故事时，他发现张焕冉准备走了。

她决定搏一把。

无论是作为一个母亲还是一个商人，能做出这个决定，都让人感到震撼和敬畏。她选择的目的地是J国，孩子将在那里经历六个阶段的外科手术。

主治医师已经接受了这个现实。她佩服这个女人，张焕冉的这个决定无法简单用“莽夫”或者“愚蠢”来总结，它是一种孤注一掷。

这种手术的风险太高，医生此前劝过她，如果放弃铤而走险，小欧可以度过最后一段平静的时光。

张焕冉问楚先生：“如果是你的孩子，你会放弃吗？”

“你会看他一天天虚弱下去，你只能抱着他，什么都做不了。”

楚先生不敢下定论，他甚至不敢看张焕冉的双眼。那双眼睛里的果决，是他一生都没办法拥有的。

在离开前，他希望给小欧说完河马星云的故事。

河马们围绕着公主开启了争夺，最后引起了内讧。

他说一句，就看一眼病床上的小欧。孩子很虚弱，过大的呼吸面罩扣在脸上，甚至看不出他的眼睛是否睁着。

张焕冉说：“你说吧，他醒着呢。”

小欧也勉强动了动手指。

楚先生说：“公主在战火中终于感到了害怕。”

张焕冉笑了：“我还以为你的这个公主天不怕地不怕。”

楚先生说："怎么会呢。公主还很年轻，是城堡里的玫瑰，她再如何坚毅，也有她害怕的事物。"

战火连天，河马们的嘶吼声和炮火声近在咫尺。她虽然达成了目的——让河马内讧，削弱河马的实力，但情况也超出了她的控制。

小欧问："那么……"

楚先生凑近了些："你说什么？"

小欧的声音断断续续的："那么……公主会死吗？"

眼泪从他的眼角一滴滴滑落，在苍白的脸上留下晶莹的痕迹。

楚先生想，他可以为了这个孩子修改故事的结局。

楚先生说："当然不会。"

小欧说："那她怎么逃呢……到处都在打仗……"

楚先生笑了笑："她没有死，也没有逃。"

"当战火终于笼罩在她头顶的时候，她听见了一个熟悉的声音……"

小欧问："是她的宠物马？"

楚先生忍不住笑了一会儿："不是的。"

"是国王，是公主的爸爸。

"国王带着所有的士兵，冲入战场，来救自己的女儿了。"

小欧微微睁大了眼睛。

病房门口，有个男人的身影在徘徊。他好像是想进来，但又不敢。最后是张焕冉对他说："你进来吧。"

男人低着头走进病房。小欧看着他，竭力笑了。

小欧说：“是爸爸。”

楚先生附和：“是爸爸呀，爸爸来看你啦。”

小欧的爸爸谢过医生和护士，在病床边坐下。他离开小欧很久了，不知怎么开口说出重逢的第一句话。

楚先生抬起头：“你就替国王说一句话吧。国王去救公主，会对公主说一句话的。”

男人不善言辞，哽咽了很久。他最后拉着孩子的手，轻声说：“爸爸来了。”

爸爸来了，有什么用吗？甚至是妈妈来了，有什么用吗？

就算世上所有的人，几十亿人，在这一刻都聚集在这个病房里，又有什么用吗？它能让太阳不再升起，让老者不再老去吗？

人的脚步可以踏过任何地方，却没办法改变一个既定的韵脚。人的本质或许只是脚印，在地上留下，指向一个方向，告诉后人自己来过。

楚先生离开了病房。几天后，小欧由父母一起陪同赶赴J国。

听到这里，老纪问出了他的第一个问题。

老纪说：“他活下来了吗？”

老纪就是这样，只在乎活还是死。

楚先生摇摇头：“不知道。几个月了，没消息。”

老纪哼了一声：“还不如不去。”

楚先生又说：“也不一定就是坏的，说不定是手术顺利，大家忙着陪护呀。”

老纪还是那样：“哪有那么好，哪有那么巧……”

楚先生问："那你希望小欧怎么样？"

老纪不吭声了，扭头抽烟。

过了一会儿，他才闷闷开口："我想他活。"

楚先生开窗散烟味。今天的夜晚，天空中浮着一朵乌云，像一头刚出生的河马。它是雨云就好了，很多雨水会被它带来，落成许多个生命。

岁月倒影

CHAPTER·16

岁月倒影

CHAPTER · 16

01 撒谎

年快过完了。

纪勇涛看看钱包，没法再阔气了。他买了点小菜熟食，把弟弟从百货公司的橱窗前拖走，丢上摩托车。

“许飞”今年没回老家过年，楚稼君为此找尽了借口。

纪勇涛说：“那明年必须回啊。”

楚稼君赶紧点头：“嗯嗯嗯。”

纪勇涛又说：“不，你暑假就得回。不回老家像什么样子。”

楚稼君不甘心：“你也不回啊。”

纪勇涛说：“你不回我才不回的。”

楚稼君不吭声了。其实纪勇涛是心虚的，因为在许飞来之前，他也不回老家。

摩托车缓缓驶过车流拥挤的马路。

楚稼君心里很难受，觉得害怕，他知道这种事瞒不下去。

路边有个小孩在哭，被妈妈揪着耳朵骂，原来是他谎报了期中考试的成绩。家长买菜的时候遇见了老师，谎言一下子就被拆穿了。

那小孩哇哇大哭，赖在地上不肯回去，怕回去被爸爸揍。路人围着笑："让你骗人！可不能骗大人了！"

楚稼君就定定地看着。

红灯转绿了，摩托车向前开走。那孩子哭累了，母亲气笑了，孩子爸爸也赶来了，也被气笑，他把孩子背起来，三个人一起回家了。

纪勇涛也笑了："多大事啊，哭得像是天要塌了似的。"

这种事在大人眼里都不叫事。但孩子得长大了才明白。

楚稼君坐在后座一直没吭声，他两只手捂着眼睛，拼命擦掉眼泪。纪勇涛问他怎么了，他说没事，眼睛进东西了。

晚上睡觉时，他还在想着白天的事。家里每一通电话响起的时候，他都会背后发凉。每天躺在床上，他心里都在后悔为什么白天不趁机跑掉。

纪勇涛睡熟了。楚稼君睁着眼睛躺在旁边，透过蚊帐看外面的电风扇摆头。

他又忍不住哭了，但不敢哭出声，害怕得微微发抖忍住哭声，怕吵醒旁边的人。

忽然，那人的声音传来。

纪勇涛问他："你怎么哭了？"

楚稼君背过身，用被子死死蒙住脸，背脊不断颤抖。

"是不是白天的事？我都知道了。"

楚稼君在这一瞬间停止了呼吸。结果，纪勇涛接着说："学校把你成绩单寄家里了，我看了。"

"怎么考成这样呢？肯定上课光顾着看女同学了。"

楚稼君辩解道："我没有……"

"多大事啊？这就吓得不敢回家了。"

楚稼君哽咽着："但我爸会打我。"

纪勇涛哼了一声："你活该。"

楚稼君哭得声音模糊："我不是故意骗人的……我就是怕……"

纪勇涛笑着拍拍他："好了好了，这么小的事。你以后遇到大事怎么办？"

"你别骗我，你撒什么谎我都看得出。不管有什么事，你跟我说，我都会帮你想办法的。"

楚稼君不敢看他："你要是知道，你会气死的。"

纪勇涛满不在乎："你能弄多大事？"

楚稼君摇摇头："你会气死的。"

他的眼泪止住了，蜷缩在被子里。

楚稼君问："勇哥，万一我骗人了，你会不认我吗？"

纪勇涛毫不留情："我一脚把你踹出家门。"

楚稼君抱着被子，“哇”的一声号啕大哭。那人被气笑了，用被子裹着人抱起来，像哄襁褓里的婴儿一样哄他。

“开玩笑的，不管你干什么，我肯定站在你这一边的。

“你不用骗我，天大的事我都不怕，你就跟我说实话，是不是还有其他事？”

楚稼君哭着说：“我真的说了，你肯定就不要我了……你是骗人的，你知道我撒谎，肯定生气的……”

纪勇涛看他哭得狼狈，笑得停不下来：“你丢 BB 机了？借钱还不上了？偷东西了？打架了？你只管说。”

楚稼君把头抵在被子里哭，不敢说话，怕自己真的说出来。

哭着哭着他就哭累了，就这样被裹着睡着了，反而睡得很沉。

02 新年快乐

大年夜，纪勇涛的单位组织了年夜饭，在一家火锅店吃饭喝酒，而且人还得分批去，上午一批人吃完晚上去值班，上午值完班的人晚上再下楼吃饭。

纪勇涛哪个都不算，他“休病”在家。

大家吃年夜饭时把他叫上了，酒过三巡，几个老战友揽着他：“勇哥你想开点。”

纪勇涛说：“我老早想开了。”

队友又说：“对，勇哥就是想得开。这事儿是吓人，我们现在想起来都后怕，你别多想，就当被车撞了一下，打个石膏休一阵就好了。”

纪勇涛点头：“对，对。”

纪勇涛埋头喝酒，和他们说说笑笑。

大年夜的餐厅里坐满了来吃年夜饭的客人，碰杯声此起彼伏。挂在天花板下的小电视上放着节目，但因为太吵完全听不见声音。

那么吵，但好像又只有自己一个人。

老队长来陪他喝酒：“他没在你家啦，你没啥好怕的了。”

纪勇涛喝酒：“对，对。”

老队长说：“东西不是都清掉了吗？什么都没有了，你就当家里没住过人，不要怕，这种人不会有第二个了。”

纪勇涛喝酒，笑着呛出来：“对，对。”

老队长拍着他的背：“年后回来上班，人一多就不怕了。我听说信报组的那个新调来的女孩子特别崇拜你，怎么样，初三约出来见一面？”

纪勇涛摆手，呛得咳个不停。周围人都在唱啊笑啊，还有人在唱《女驸马》。

老队长陪其他人合唱去了，他一个人坐在满桌狼藉边，看外面落雪的街道。忽然，马路上的人、餐厅里的人都爆发出一阵欢呼：“新年快乐！”

十二点了。电视上光鲜亮丽的明星们也手拉手，唱起了《难忘今宵》。

纪勇涛坐在那儿，一边喝酒，一边哭哭笑笑。很多喝得烂醉的人都在哭哭笑笑，数不清有多少个。覆着薄霜的玻璃外是照亮夜空的新年烟花，马路上几百响的炮仗惊起青烟。

他捂着脸穿过烟雾，还在哭哭笑笑。但这是除夕夜，没人觉得他奇怪。

他回到安静的家，窗外的烟花铺天盖地。

他忽然喊了那人的名字，烟花炮仗声掩护着那个不堪的名字，就这样把喊声送走了。

08 拆蟹粉

要吃年夜饭了，纪勇涛难得阔气一把，带弟弟打车去菜市场买点大鱼大肉。

楚稼君蹲在卖鱼的水池子边戳里面的大鳝鱼，戳一下就跳开，戳一下就跳开。

戳完最后一下，往后跳的时候，楚稼君背后刚好有个贩子推着板车经过，板车上摆着一个大水盆，里面全是螃蟹。“哗啦”一声，小楚半个人都跌了进去。

纪勇涛把人骂了一顿，把夹在他身上的螃蟹一只只拽下来。有只螃蟹夹着他耳朵就是不松钳子，他们只好带着它一起逛市场。

为了赔蟹贩，他们多买了好几只螃蟹。回家要蒸螃蟹了，纪勇涛让他帮忙，大家各忙各的，突然听见楚稼君大叫，浑身又爬满了螃蟹。他不知道怎么蒸蟹，把绑螃蟹的稻草绳都解开了。

大家满屋子手忙脚乱地抓蟹，忙了半宿。等螃蟹蒸好了，那人也在沙发上睡着了。

纪勇涛把他推醒：“拆螃蟹啦。”

楚稼君疑惑：“这个怎么吃啊？”

纪勇涛问他：“你是哪儿来的外地人啊？蟹都不会拆？”

纪勇涛和许飞的老家经常吃蟹，河蟹海蟹都吃，小孩子能把吃好的蟹壳再拼成一只螃蟹。

楚稼君不吭声了。纪勇涛想，这小祖宗肯定是家里的宝贝，说不定真的从小没自己拆过蟹。

纪勇涛就解开一只螃蟹，给他拆蟹粉蟹肉。肉被堆在蟹壳里，每次一堆满，他就让楚稼君张嘴，然后把蟹壳里的蟹肉倒进那人嘴里，再堆下一个蟹壳。

楚稼君趴在桌边，眼巴巴地等。后来他也学着拆蟹，把蟹肉都堆在蟹壳里，堆满了一个，让勇哥张嘴。

纪勇涛吃了一个，把自己刚堆满的蟹壳举起来：“张嘴。”

楚稼君抬起头：“啊……”

纪勇涛一仰头，倒进自己嘴里吃了。

04 闪光

若是从头再来，要怎么才能赢到想要的结果呢？

在火车站一见面就跪下求饶吗？不行吧，乍见面的，太吓人了。

还是要先跟他回家，自己主动洗衣服，收拾饮料瓶，节约用电，把看完的录像带分开理好……

多背几个单词多考几分，再讨人喜欢点。

晚上不吵他，就躺在边上，忍着不说话，不装蚊子叫去闹他。睡得规矩点，不把他挤下床……

晚上早点睡，早上早点起……

什么都不干了，就这么收手了，把过去的一切活埋掉……

骗他一起走，坐船走，若是中途被发现就抢船开走，开往海的方向。在看不到岸的地方停船，再哭着求他。

这么好的自己哭着求他，他就该心软了。

若是从头再来，自己已经想好了。

现在只是个噩梦。等梦醒了，自己就开始这样做。

楚稼君死前的一瞬，不知为何，觉得自己做了一场长梦。梦的尽头是闪光的，细碎的雪白的小光点，让他觉得很亲切。

05 平行世界的某一天

绑匪绑架了一超市的人作为人质，说要谈判。

据说超市里还有行动组成员的家属。家属恰好去买个饮料，结果前脚刚进去，后脚就来了几个绑匪把超市的铁门给拉上了。

谈判专家在外面用喇叭喊话，让绑匪别冲动，别伤害人质。绑匪在里面拿着大促销的喇叭朝外面喊：“你们能拿我怎么样？！”

大家在外面制定战略，顺便还关心着那个家属被绑架的队员。但那队员一点不慌，很镇定地蹲在边上看地形图。

有人问：“勇哥，你弟弟被绑架了，没事吗？”

纪勇涛说：“着急啊。还是再劝劝那个绑匪，快点放人吧。”

纪勇涛又说：“还好是超市，有可乐有零食，他能多待一会儿。但每过一分钟就多一分危险，我肯定着急的。”

绑匪还在里面哇哇喊：“我要看看你们能拿我怎么样！”

谈判专家嗓子都哑了：“我们不会拿你怎么样，你快出来！”

突然，绑匪那边的喇叭发出一声破响，没声了。

又过了一会儿，超市铁门被人抬起来了，那个队员家属手里拎着大瓶可乐，像没事人一样出来了。绑匪躺在门口，不知道发生了什么事情。

06 协议

楚稼君有天回家，往坐在沙发上看球的勇哥身边一窝，好奇地问：“勇哥，什么叫三方呀？”

纪勇涛琢磨了一会儿：“就是你大学毕业后找工作要签的一份东西。你、你单位、你学校，三方签个协议，就是说这人毕业了，单位收下了，学校那儿不退货了。”

纪勇涛想到什么：“哦，你们那个系有啥对口单位吗？我帮你去打听打听，托关系弄个好点的岗位。”

纪勇涛这时候正是上升期，和坐直升机一样升得快，说话还是好使的。

楚稼君眨巴眼睛：“今天学校让我们填个三方协议的意向。”

纪勇涛问他：“你咋填的？填个一化院或者二化院呗，我们有个传报员的妈妈在里面当办公室主任，待遇可好了。”

楚稼君还在眨巴眼睛：“我搞不清什么对口，单位那栏就填了你家。”

纪勇涛：……

楚稼君很天真：“我毕业后是不是就能待你家了？”

纪勇涛怒其不争：“谁给你发工资啊？我吗？大家一起睡爱呀河下面的桥洞好不好？”

楚稼君又说：“你就跟我签个三方协议呗，我保证不让你睡桥洞！”

“你就让我待着嘛，我不花你钱，不出声，不用你帮忙洗衣服！”

07 理发

快过年了，兄弟俩去做头发。

那年头理发花样少，就是卷一卷剃一剃，染头发是要被单位处分的。不过男人还会顺便修个脸修个鬓啊，也能在理发店里混个半天。

楚稼君死活不肯去，一眼看穿了勇哥的阴谋："你就是想把我骗去剪我头发！"

纪勇涛信誓旦旦地说："不骗你，谁骗你谁是狗。"

大飞在旁边开心地"汪"了一声，以为要带它出去玩。

楚稼君还是被拐去了，因为纪勇涛答应他，要是他陪自己做头发，回去路上就带他去看电影，再试试进口的红墙风衣。

到了理发店，里面坐满了人，蒸汽满屋，两个师傅在客人间连轴转。

师傅觉得他长头发土，纪勇涛也觉得。现在留长头发的年轻人越来越多了，楚稼君的头发光是长，但没款式，可以烫一烫，染一染。

大过年的，还拿了奖金，勇哥很舍得给弟弟花钱："你学校里没意见吧？没意见就做个款式呗。"

楚稼君不想剪头发，但对烫染蠢蠢欲动："你不拿剪刀碰我吧？"

师傅说："修还是得修一下的。"

纪勇涛笑他："你剪刀都怕，是不是我弟弟？"

楚稼君闷不吭声，又不想认㞞：“那就……修一下吧。”

楚稼君认真叮嘱道：“稍微修一点点，一点点就行了！也不要很鲜艳的颜色！”

师傅拍拍胸脯：“我十二岁就开始做头发了，你尽管放心！”

两个小时后，两人走出了理发店。纪勇涛点了支烟，安慰蹲在路边的弟弟。楚稼君捂着炸了的头发，蹲在马路边气哭了。

这世上，理发师是最不可信的，他今天认识到了。

08 学校日常

有天晚上，楚稼君被大学同学拉出去撸串。

男孩们一杯酒下肚，都开始吹起了牛。有说自己外头有三个女朋友的，有说自己能追到系花的。

还有个看起来很壮硕的学生，把空瓶拍桌上：“我以前在市里出过名。XX 街的那场群架你们知道吗？我参与过那场群架。”

楚稼君忍不住笑：“扑哧。”

学生们看向他：“许飞你笑什么？”

寒假结束后的英语课上，学生们进行了第一场小考。

考试的时候，英语教研室的老太太顶着张严厉的脸进了教室，跟着监考老师一起在教室里转了一圈。

老太太问：“那个孩子怎么没来？”

监考说："哪个？是有几个缺考的。"

老太太又说："有个叫许飞的孩子，怎么没来呢？"

老太太把手里的教材放讲台上："这个许飞要是来了，你把这些教材给他。他基础差，我从高中英语里面弄了点阅读理解的题目给他。"

小老太太背着手，摇摇晃晃地出去了。

学校里的人，已经很久没见到许飞了。

酒后吐真言

纪勇涛本来睡着，听见旁边窸窸窣窣的声音，就知道是楚稼君醒了。

今天是老大过生日，队里的人在酒店一起吃饭喝酒。不少人把家属一起带去了，大学没课，楚稼君就被他提着一起去了。

全在敬酒劝酒，一群人喝得乱七八糟地回来。

楚稼君睡了一会儿，深夜醒了，戳了戳旁边的人。

"勇哥我饿。我去冰箱翻点吃的。"

纪勇涛不想说话："嗯。"

楚稼君又问他："你饿不饿？"

纪勇涛说："不饿。"

楚稼君一个人摸去厨房，先扒着水槽吐了一阵，他也被灌了不少酒。

然后他拉开冰箱门，直接坐在开着门的冰箱前面，抱着半个西瓜挖着吃。

过了一会儿，纪勇涛也来了，看他开着冰箱，抬脚想把冰箱门踢上。

楚稼君用脚挡住了："才几个钱的电啊，天热呢。"

楚稼君说："你还是饿的吧，看你都被灌酒了，没吃啥东西。"

纪勇涛揉着头在他边上坐下："你这么喝，没事？"

楚稼君说："刚吐了。"

纪勇涛挨着他坐着，挤在冰箱门口吹冷气，抱出另外半个西瓜挖着吃。楚稼君吃得嘴边都是籽，呆呆地打了个嗝。

楚稼君挨着冰箱睡下："我们装个空调好不好？天太热了。"

纪勇涛算算钱，其实今年他确实有买空调的打算。

他打算周末去挑一台，只要别加班，临时有啥案子。

楚稼君躺地上，抱着半个空西瓜喝西瓜水，喝得嘴巴红红的，眼里带着困意看他："那你放心好了，咱家买空调这天，肯定全城太平。"

两个半醉的人都挨着冰箱犯困，半梦半醒地说着混乱的话。纪勇涛想去旅游，楚稼君就拽着他的手腕："你拖我一起去呀。"

一个人书也不读了，另一个工作也不要了，要跑去旅游，徒步全国。

楚稼君听得嘿嘿笑："那就绕一圈，绕一圈要多久呀？"

纪勇涛说："要好久。工资可能就花完了。"

楚稼君说："我养你呀。"

纪勇涛说："那买空调你出钱？"

楚稼君说："我给你买十台空调，对着你吹，把你从这儿吹去Y省……"

纪勇涛说："去Y省干什么……Y省……Y省……"

楚稼君说："便宜……"

纪勇涛说："Y省……什么便宜……"

楚稼君含含糊糊说了啥，他没听清。

第二天醒来，纪勇涛照旧是被那人大腿压在胸口闷醒的。他抱怨着把他的腿推开，看见楚稼君的手还保持着一个手势，比了个数字八。

10 恶作剧

有天纪勇涛在烧烤大排档和楚稼君唠嗑，不知道怎么就就着啤酒聊到了绑人的事。那时候很多富商经历过绑架勒索的案子，社会上有一股讨论绳结和挣脱的热潮。

纪勇涛他们很懂这个，如果手边没手铐，就只能靠绳子绑住犯人。他拿了根路边的绳子给对面的表弟演示："绳子就这样套住，绕过去，你有多大力气都挣不开。"

楚稼君点头："哦，这样啊。"

楚稼君晚上想试试那种绳结的绑法，纪勇涛也没觉得他能完成那种结，一边看电视一边把两只手都交给他了。

楚稼君喊他：“勇哥。”

纪勇涛看向他：“嗯？”

楚稼君认真道：“我可能绑不好啊。”

纪勇涛无所谓：“你随便绑，你绑的那几下我全能弄开。”

楚稼君问：“真的啊？”

纪勇涛说：“你当我这么多年白混的吗？”

楚稼君说：“那你怎么混的？和我说说？”

楚稼君绑完了，突然一关灯，跑出了家门。纪勇涛还觉得奇怪，刚想起身，发现自己两只手都被死死地绑在沙发架子上。

纪勇涛愣住了：“等等？！你回来！”

纪勇涛发现不妙，那个绳结就是那种挣不开的绳结。

楚稼君关上家门，在门外狂笑：“你怎么混的？说啊！”

纪勇涛火冒三丈：“你回来！看我怎么收拾你，给你惯的！”

门里门外闹了一会儿，楚稼君没声了。纪勇涛怕他真的走了，喊了好几声。

楚稼君的声音一下子轻了：“勇哥，糟了。”

纪勇涛说：“你才知道你糟了？”

楚稼君说：“不是，真糟了。”

楚稼君说：“勇哥，我忘记带钥匙了……”

电话购物

纪勇涛以前相过两次亲。

一次相亲对象是个小学老师，眉目温婉，戴着眼镜，穿着及膝的格子裙。

他们约出去逛商场，周末人都出门了又接到任务，说有抢金店的，需要紧急支援。

还有一次直接是上司牵线，牵了一个单位里的信报员姑娘，干干净净的齐耳短发，个子高高的。

也是约了下班看电影，下楼下到一半他被叫回去，有人把工资车给抢了。

刚到 A 市的时候，前辈和他说，最近换了队长，组里事多。

纪勇涛问："为啥突然换队长？"

前辈有些惊讶："你没听说啊？殉职了。"

办公室里人有点少。上周有几个抢运钞车的，组里有死伤。

A 市的情况相对还好些。

这年楚稼君才十几岁，还跟着养父的人马蹲在公路边，等押运车快来了，男人就把他推到公路中间。司机看见有小孩跑出来，都只能急刹车，然后被两侧埋伏的悍匪洗劫一空。

也有没及时刹住的车。楚稼君就看见刺眼的灯光在眼前乱闪一通，接着整个人都飞上了天。结果他奇迹般地没受什么大伤。

男人本来没打算养他多久，只是这个小东西命很硬，而且学东西也快，会装可怜引开门卫的注意，也会把枪藏在玩具下面，然后突然拔枪。

过了很多年，纪勇涛活到了三十岁，已经快放弃找对象了。

都有人建议他领养个孩子了，那年头三十岁还没结婚的人，大多会享受周围人同情的眼神。

纪勇涛说：“明天，明天我接完我表弟就去火车站捡一个。”

纪勇涛过生日，单位里的人在海鲜店开了几桌，除了几个值班的，其他人都喝醉了。

他被灌了很多酒，被楚稼君架了回去，还蹲在路边吐了。

楚稼君把人丢床上，皱着眉头把那人的脏衣服扯下来。

楚稼君嫌弃地说：“这床不能要了。”

离开养父自己开山立派后，他就彻底不想过以前那种脏兮兮的生活了，什么都要崭新的。

他拿了浇花的喷壶，往纪勇涛身上喷喷喷。喷了几下，发现那人真醉死了，他就胆大地站到床上，在那人两侧来回跳。

楚稼君一下子脚滑，整个人跌在那人身上。纪勇涛还是没醒。

他好奇地俯下身，研究起了这个人，好奇这个人和其他人到底不一样在哪儿。

研究了一会儿，他就又没耐心了，跑去看录像带，边喝冰啤酒边听相声。他抱着半个西瓜坐床上，边挖边看购物杂志，看中了啥就用指甲画个圈，不一会儿整本杂志上都是坑坑洼洼。

家里买大电器肯定要纪勇涛点头，所以楚稼君趁机抱着杂志倒在纪勇涛边上：“勇哥勇哥，我买个大电视好不好？你三秒不应声我就当你同意了？”

电视可以。

他再倒回去：“勇哥勇哥，我买个新电扇好不好，你不应声我当你同意了？买个新录像机好不好？买个新车好不好？啊都同意了？太好了太好了……”

几天后，纪勇涛目瞪口呆地看着一大堆堵在门口的纸箱，全是来自那种打电话订购的购物杂志。送货上门的百货工作人员满脸堆笑地恭喜他：“先生你这是布置新房吧？东西都买全了吗？有缺的话还可以从我们百货超市订。”

12 访谈

“回忆录？啥回忆，都这把年纪了还有啥好回忆的，说起这个词都觉得丢人。

“你不用替我写回忆录，你是替他写，你就是想找点素材写进书里。

“网上不是有很多传闻吗？不是经常有小年轻跑来这个小区，在我家门口点香吗？都疯了，人都走多少年了。

“我没什么好回忆的，我连他的脸都记不清了。

“就只有一张合照，他在里面，但照片发霉了。

“什么高科技修复，就是重画个脸。

“不给你看，我自己都记不清放哪儿了。你别管我怎么知道它发霉的，关你什么事。

“你没正经工作的吗？每天窝家里干啥？你迟早变得和他一样，人得出去找个活。

“别找他那样的活。

“你问这种问题是不是有病？什么我想不想？他有啥好想的？做噩梦吗？

“我不想他，我谁都不想。

“我一个人过挺好的。你有病，你们都有病，成天问这种事。你们怎么不问问我们当年怎么搜查的？怎么布防的？你们为啥要问那些？

“我有家啊，我有这屋子啊，家凭啥就要几个人一起住啊，我一个人也是一个家啊。

“我想那条狗的时间都比想他的多。

“我没管过他骨灰……不是，人死为大啊。毕竟他没家人管也是可怜的，就人死为大，走了，去个好地方，下辈子当好人。

“你来领骨灰之前我……对，我是弄了个正式点的罐子装他，但就是人死为大。

“人死了就没了，什么都没了，都过去了。

“我不想疯掉，我只有不去想那些事我才能不疯。我很恨他，他骗了我很久。

“但是都过去了。

“我不知道自己为什么哭，人很复杂啊，人就是会突然想哭。我怎么就不能哭一下了？

“你算什么东西你来审我？我审的人比你写的人都多，你懂啥你就来瞎问？

“你回老家吧，别追着他的事了。你们这种远房亲戚基本等于没有，出去别说自己是他亲戚，给家里找事。

“啥叫自由职业？不就是无业游民吗？啥？你怎么住下了？谁让你住的？哪儿？你啥时候租隔壁屋的？

“滚，你来问多少次我都没啥说的，你爱住就住下吧。

“我不记得了，人的记性没那么好。

“我开门是为了通风。对，我就要用二手烟熏死你。

“啥空气净化器都是骗人的，别想用一台机子收买我。他当年天天往家里带进口东西我都没……算了，我不记得了。

“我不想说了。”

……

“我求求你别问了，滚吧。

“不用你，我自己会拿纸巾，不用你。

“我一个人过得很好，我什么都不想要。

“我梦到过他了，梦到他过得很好，在新家。

“以前有一阵子很想他的。

“这话你别写出来了。就随便说说。

“想跟他一起死，但也就是一下子的事，过去就过去了。

“想过他要是真的许飞就好了。

“那我就什么都给他。”

骨灰

楚稼君的骨灰被烧出来后，是很碎乱的一小摊，薄薄的。纪勇涛那天过去本来只带着个塑料袋，不想太引人注意，后来想想，换了个玻璃可乐瓶。

有人请愿说把这东西冲马桶，纪勇涛先把它装了存放在寄存柜角落了，免得没人领，到时候真的被冲了。按身份纪勇涛不能领，也不想领，他觉得那人走了，走了就是走了，放一包骨灰在家里就是没走，会让人有些虚幻的念头，会让楚稼君“走不掉”。

家里没人了，楚稼君原来留下的杂七杂八的东西都被当证物收走了，啥都有，有泡泡糖盒子，有小孩子玩的彩虹弹簧、发条铁皮玩具，也有地板下面遗留的弹匣。

他的枕头下面搜出来两张车票，过期很久了，是去 H 市的车票。

还有看了一半的杂志，武侠小说的剪报，一本英语单词本，里面歪歪斜斜地写着几笔，lie，lie，lie。

纪勇涛忽然明白，从头到尾，这个人都在准备着谎言破碎的瞬间。

还有一个单词也被圈了出来，“纪勇涛”三个字被围着这个单词写了很多遍。

半块哈密瓜还放在冰箱里，中间被挖空了，那人吃瓜就喜欢这样吃。但为了不被纪勇涛骂，他又会在中间的空洞里撒点白糖。

纪勇涛躺在一个人的家里，没开灯，看着天花板发呆。他就这样看着天花板看了很久，几个小时后，他突然又坐起身，穿着睡衣冲到楼下骑出摩托车，去存骨灰的部门。

深夜无人的街道，摩托车冲过一盏一盏昏黄路灯。他在某个路口毫无预兆地停下车，怔怔地望着空寂的路口。

最后，纪勇涛掉转车头，慢慢回到了爱呀河。

14 蚊帐

晚上纪勇涛睡得正熟，被某人戳醒了。

客厅有蚊子，他睡不着。家里就一顶蚊帐。

本来是要点蚊香的，有次家里养的狗傻呵呵地去舔那个小红点，被烫到了舌头，几天都吃不下饭。而且据说蚊香对狗不好，他们就没点。

纪勇涛琢磨着要不要把许飞的床挪去储物室，那里好挂蚊帐。但那人不肯，储物室没插座，开不了电风扇。

楚稼君抱着被子，因为睡不好，眼神寒飕飕的："没法在家睡，干脆出去睡高级宾馆好了。"

纪勇涛笑他："你把夜总会包下来过夜好不好啊？梦里真是啥都有。"

单位分的房子里面的家具都是成套的，卧室里都是大床。

他们就都睡在一张大床上。夏天的晚上，生了锈的铁条窗大开着，电风扇吹得呼呼响，很清爽干净的风灌进泛黄的白网蚊帐。

收音机的评书频道正在讲《三国演义》，楚稼君听得很入迷，手还去枕头下摸纪勇涛的杂志，杂志翻开一半，就出神地停住了。

楚稼君问他："关羽强还是吕布强啊？"

纪勇涛说："肯定关羽啊。"

楚稼君又问："那关羽强还是典韦强啊？"

纪勇涛还是那个回答："肯定关羽啊……"

他都有点困了，那人还在一个接一个地问，恨不得把魏蜀吴全比一遍。

楚稼君又说："周瑜和诸葛亮那时候在哪儿看的天气预报啊？"

纪勇涛迷迷糊糊地回答："报纸……"

楚稼君不信："那时候就有报纸？"

纪勇涛咕哝："鬼知道……"

他又睡着了。那人盘腿坐在他边上，抱着小收音机，拿杂志当扇子，哗哗地扇风……

过了一会儿，纪勇涛又被戳醒了。

楚稼君说："勇哥它没电了。"

纪勇涛努力睁着眼睛："几点了？"

楚稼君眯着眼睛看看闹钟："呀，三点了！那说评书的可真能说！"

夜间节目好像有些是放录音。那个版本的三国评书以前就播过了，纪勇涛打个哈欠："我都能跟你说评书了。"

楚稼君激动地说："那我要听空城计！"

纪勇涛说："空城计啊……空城计就是……司马懿带人跑去打诸葛亮……然后这样那样……"

楚稼君问："那司马懿为啥不让人远远放一枪把诸葛亮从城

头打下来？”

纪勇涛随口敷衍：“诸葛亮聪明啊，说不定发明了古代的防弹背心……”

楚稼君又说：“瞄头打啊。”

纪勇涛瞪他一眼：“你还想不想听？”

楚稼君乖了：“想听想听。”

……

纪勇涛也不记得自己困得说了些啥，但做梦真的梦见了空城计，一个看着像军师的人坐在城头，下面有人围城，有个人居然是许飞，旁边是一群看着像大学生的眼镜仔。楚稼君指着那人说：“都瞄头打！”

纪勇涛怒吼：“不许打！这是空城计！不许乱来！”

楚稼君把他摁住，坐他身上，继续指着那人：“瞄头！”

纪勇涛被气醒了，胸闷得要死，他才看见胸口横着条大腿，楚稼君睡得横七竖八。

他把那人的腿搬开，想翻身继续睡，结果自己也在床边，一翻身就滚下去了，连带着床边搭的蚊帐布一起被拽下去。“刺啦”一声，蚊帐被扯破了。

纪勇涛带着楚稼君去轻纺市场挑蚊帐，楚稼君见人就说：“知道我家蚊帐怎么破的吗？是我哥滚下去的时候拽破的……”

新蚊帐买回家，挂好，晚上收音机装好电池，楚稼君继续听《三国演义》。听到没电了，他要纪勇涛口述博望坡和白门楼……纪勇涛又瞎讲一阵，讲到自己都睡了。

第二天醒来，还是被闷醒的，这次压在胸口的是那人的脑袋。

纪勇涛从身上推开弟弟，结果又失去平衡滚下床，蚊帐“刺啦”一声破了，飘落在两人身上。

-完-

那时候爱呀河还没有被填埋，

他们看着昏黑夜色下在雨中暴涨的河面，

不知这些湍急的河水将会奔流向怎样的新世界。

图书在版编目(CIP)数据

戏中人 / 扶他柠檬茶 著.
—武汉:长江出版社,2022.7
ISBN 978-7-5492-8381-1
Ⅰ.①戏… Ⅱ.①扶… Ⅲ.①短篇小说-小说集-中国-当代
Ⅳ.①I247.7
中国版本图书馆CIP数据核字(2022)第107675号

戏中人 / 扶他柠檬茶 著

出　　版　长江出版社
（武汉市解放大道1863号　邮政编码：430010）
选题策划　漫娱图书　雷雨薇
市场发行　长江出版社发行部
网　　址　http://www.cjpress.com.cn
责任编辑　李　恒
特约编辑　胡丽云　陈雪琰
总 策 划　嗑学家工作室
执行策划　罗晓琴
装帧设计　徐昱冉
印　　刷　深圳市精彩印联合印务有限公司
版　　次　2022年7月第1版
印　　次　2025年8月第25次印刷
开　　本　889mm × 1230mm　1 /32
印　　张　9.25
字　　数　220千字
书　　号　ISBN 978-7-5492-8381-1
定　　价　46.80元

电话:027-82926557(总编室)　027-82926806(市场营销部)